# Les promesses d'avril

MARGARET WATSON

# Les promesses d'avril

*éditions* Harlequin

*Titre original :* A PLACE CALLED HOME

*Traduction française de* FLORENCE GUILLEMAT-SZARVAS



*Photos de couverture*

*Maison :* © KEITH GOLDSTEIN / GETTY IMAGES
*Femme :* © BEAUTY ARCHIVE / GETTY IMAGES
*Fleur :* © UNLIMITED 2009 / ROYALTY FREE / JUPITER IMAGES



83-85, boulevard Vincent-Auriol 75646 PARIS CEDEX 13.

Service Lectrices — Tél. : 01 45 82 47 47
**www.harlequin.fr**

ISBN 978-2-2808-1483-6 — ISSN 1950-277X

# Prologue

— Zoe, si ta mère et moi divorcions, avec qui resterais-tu ?

L'estomac noué, se sentant piégée, la fillette de onze ans regarda fixement devant elle. Enfermée dans la voiture avec son père, elle ne pouvait pas se dérober.

— Je veux pas choisir.

— Mais si tu étais obligée ?

— Maman et toi vous allez divorcer ?

— Bien sûr que non. Jamais ta mère ne me quitterait. Elle m'adore. Comme vous m'adorez, tes sœurs et toi. Pas vrai ?

Elle savait qu'il l'observait tout en conduisant.

— Oui, papa.

N'était-ce pas ce qu'elle était censée répondre ?

— Alors, tu resterais avec moi ?

Il tira sur sa queue-de-cheval tout en posant la question. Elle se dégagea et sa longue touffe de cheveux noirs vint caresser sa joue.

— Tu as dit que vous n'alliez pas divorcer.

— Mais imaginons, s'impatienta son père.

— Je resterais avec mes sœurs. Des triplées, ça reste ensemble

Elle regarda son père à la dérobée. Cette réponse ne lui plaisait sûrement pas.

— Ce n'est pas ce que je t'ai demandé, fit-il en haussant le ton.

Zoe avait la nausée à cause de l'odeur que dégageait le tabac de sa pipe.

*Pourvu qu'on arrive vite à la maison !*

— Je poserai la question à tes sœurs. Elles resteraient sûrement avec moi.

— Alors, maman serait toute seule.

— Ce serait sa punition pour m'avoir quitté.

— Tu as dit qu'elle ne te quitterait jamais, marmonna la fillette.

— Je te trouve bien insolente, aujourd'hui ! Je n'aime pas les petites filles insolentes ! Tes sœurs ne sont pas comme ça.

Zoe savait déjà ce que ses sœurs que répondraient à leur père. Bree dirait qu'elle resterait avec lui, Fiona avec leur mère. Fiona ne se laissait jamais impressionner par leur père lorsqu'il se mettait à crier ; elle se contentait de prendre un air lointain.

Zoe avait tellement mal au cœur qu'elle craignait de vomir dans la voiture. C'est pour le coup que son père se mettrait dans tous ses états !

— Tu resterais avec moi, hein ?

Il avait changé de ton pour se faire convaincant, comme chaque fois qu'il voulait lui extorquer son approbation.

— Tu n'aimes pas ton papa ?

— Si, papa, dit-elle docilement.

— Alors tu resterais avec moi ?

Son père venait de s'engager dans l'allée devant leur maison. La voiture était à peine arrêtée que Zoe s'élança dans le jardin et s'engouffra en rampant sous le fouillis de chèvrefeuille, près de la clôture.

Elle resta accroupie là jusqu'à ce qu'elle ait la certitude que son père ne l'avait pas suivie. Puis elle s'assit et s'adossa à la clôture, respirant le parfum du chèvrefeuille et laissant les larmes couler sur ses joues.

*Dix-huit ans plus tard*

Lorsqu'elle poussa la porte, Zoe fut accueillie par une odeur de renfermé. Bree la suivait à pas lents, avec son fils Charlie qui arborait la mine renfrognée typique des préadolescents. Bree fit deux pas dans l'entrée et s'arrêta.

— Ça n'a vraiment pas changé, fit-elle remarquer en passant le doigt sur la console en marbre que surmontait le miroir au cadre doré.

— « Home, sweet home », ironisa Zoe.

Elle alluma la lampe pour dissiper les ténèbres.

— Tu es sûre que ça va aller ? poursuivit-elle. Tu sais que tu pourrais venir loger chez moi.

— Ça va aller.

Bree entra dans le salon. Le portrait de leur père, portant la grande tenue de remise des diplômes à l'université, trônait toujours au-dessus de la cheminée. Des cadres où l'on voyait des photos des fillettes avec leur mère étaient posés sur un guéridon, dans un coin de la pièce.

— Bon courage, marmonna Zoe.

— J'espère qu'il y a au moins une télé, dans cette baraque pourrie, fit Charlie en refermant la porte d'entrée d'un coup de pied.

— Charlie McInnes ! Je te prie de surveiller ton langage ! s'exclama Bree.

Le garçon leva les yeux au ciel derrière ses lunettes.

— Désolé, m'man. Est-ce qu'il y a une télé, dans cette maison ?

— Oui, il y en a une, répondit Zoe.

Pauvre Charlie ! A sa place, la perspective de passer plusieurs mois dans cette maison hantée par le malheur ne l'aurait pas réjouie pas non plus.

— Je t'apporterai la console de jeu que j'ai à la maison, proposa-t-elle. Tu veux ?

— O.K.

Il semblait légèrement rasséréné.

— Ça va prendre une éternité de tout trier, dit Bree, hésitante. A moins que tu n'aies déjà commencé ?

— Non, Bree, je n'ai rien commencé du tout. Il était convenu que nous le ferions ensemble. J'ai pensé que chacune pourrait s'occuper de sa chambre et que nous regarderions le reste ensemble. Je sais quoi faire du mobilier. Tu pourrais peut-être te charger des bouquins et du bureau de papa ? Comme Fiona est bonne jardinière, nous pourrions lui demander de remettre le jardin en état avant de mettre la maison en vente…

— Voilà que tu recommences à nous donner des instructions.

— Si tu as d'autres idées, je suis tout ouïe.

Zoe restait prudente ; elle ne voulait pas se quereller avec Bree le jour même où celle-ci débarquait.

— Non. Faisons comme tu l'as suggéré.

— Demain, quand Fiona arrivera, nous établirons un plan de campagne.

Bree se laissa tomber sur une marche de l'escalier.

— Je n'arrive pas à croire qu'elle se soit laissé convaincre de revenir à Spruce Lake !

— Pourquoi ne serait-elle pas venue ? Elle aussi a son mot à dire à propos de la maison.

Persuader Fiona de rentrer n'avait pas été chose facile. Seule autre triplée de Zoe, elle avait déjà eu du mal à revenir pour l'enterrement de leur père, six mois plus tôt. Elle était arrivée et repartie le jour même.

— J'aimerais bien savoir ce que tu lui as raconté pour la décider, dit Bree avec un petit sourire.

Elle semblait un peu guindée, comme si sourire n'était pas dans ses habitudes. Résistant à l'envie de la prendre dans ses bras, Zoe répondit sur le ton de la plaisanterie :

— Eh ! Tu connais mon légendaire pouvoir de persuasion.

— C'est vrai. Tu m'as bien convaincue de revenir habiter momentanément dans cette maison de cauchemar et je ne sais toujours pas comment tu t'y es prise.

Toutes deux savaient pourquoi Fiona avait accepté : elle n'avait pas le choix.

— Ne compte pas sur moi pour te dévoiler mes bottes secrètes, répliqua Zoe sur un ton léger. Et maintenant, montons vos affaires là-haut.

Les mains dans les poches de son jean baggy, Charlie observait le salon.

— Charlie, veux-tu prendre mon ancienne chambre ? Elle est exposée au sud et ce sera plus chaud pour tes reptiles.

Le visage de l'enfant s'éclaira.

— Super, tante Zoe ! Merci.

Le lendemain, Zoe et Bree avaient commencé à trier les vêtements de leur père quand une voiture s'engagea dans l'allée. Quand elles rejoignirent la porte d'entrée, Fiona était là, au bas du perron, contemplant la maison. En voyant ses sœurs, elle inspira à fond et redressa le dos.

— Me voilà.

— Salut, Fee, dit Zoe en dévalant les marches pour l'embrasser.

Bree la suivit. Fiona était toujours enveloppée d'une aura un peu mystérieuse et son visage, bien qu'identique à celui de Zoe, avait quelque chose d'exotique et de fascinant. Beaucoup trop glamour pour une petite ville universitaire du Wisconsin.

Fiona l'embrassa à son tour, puis embrassa Bree.

— J'adore ta coupe punk, fit remarquer cette dernière.

— Ah oui ? répondit l'intéressée en caressant ses pointes teintées en rouge.

— Les gens d'ici vont adorer !

— Ne fais pas attention à elle, dit Zoe en glissant son bras sous celui de sa jumelle. J'ai vu un tas de jeunes du coin avec des coupes encore pires.

— Merci, ça me met tout de suite plus à l'aise, dit Fiona, souriant enfin.

— Viens, entre.

Zoe sentit Fiona se raidir à son bras en approchant du seuil.

— Charlie, ta tante Fiona est arrivée !

L'enfant dévala l'escalier.

— Salut, tante Fee ! Cool, tes cheveux !

— Salut, Charlie.

Fiona parut se détendre en embrassant son neveu.

Bree attrapa au vol son dégingandé de fils.

— Va chercher les bagages de ta tante.

Tandis que Charlie s'exécutait, les trois sœurs s'avancèrent vers le salon. Fiona contempla silencieusement le canapé aux couleurs fanées et les tables basses couvertes de poussière.

— Ça n'a pas changé…

— Pas encore ! dit Zoe en l'entraînant vers la cuisine. Viens boire une citronnade, qu'on se raconte les dernières nouvelles.

Elles n'étaient pas encore arrivées dans la cuisine que la porte d'entrée claqua derrière elles.

— C'est tout ce que tu as pris, tante Fee ?

Zoe se tourna vers Charlie, qui portait juste un

petit bagage à main. Fiona ne prit même pas la peine de se retourner pour répondre :

— Oui, c'est tout.

Zoe croisa le regard de Bree, un regard qui en disait long.

— Tu ne restes pas longtemps, c'est ça, Fee ?

— Non, j'ai des trucs à faire, répondit Fiona en entrant dans la cuisine.

Zoe savait parfaitement ce que ressentait sa jumelle. Les triplées McInnes avaient peut-être quitté la maison familiale depuis longtemps, mais rien n'avait vraiment changé.

Aucune d'elles n'avait eu envie d'y remettre les pieds.

Chacune se demandait comment filer au plus vite.

# Chapitre 1

la porte du Joe's Coffee House s'ouvrit si brusquement que Zoe, qui buvait un café au comptoir, sursauta, renversant un peu du contenu de sa tasse sur son porte-documents.

Elle jura entre ses dents tout en épongeant les dégâts à l'aide d'une poignée de serviettes en papier.

— Je te cherchais, Zoe, gronda un homme d'une voix menaçante.

Elle reconnut Wallace Tate, qui arborait une face écarlate.

— Wallace ? Que puis-je pour vous ?

— Tu sais très bien ce que tu peux faire pour moi, poursuivit l'homme en s'avançant, les poings serrés. Tu vas me faire le plaisir de dire à Sally que tu t'es trompée. Compris ?

Les trois autres clients qui attendaient leur café semblaient intimidés. Ceux qui étaient attablés dans la salle levèrent les yeux de leur ordinateur portable ou de leur journal. On n'entendait plus que le sifflement de la machine à espresso. Zoe avait concentré toute son attention sur Wallace.

— Et pourquoi ferais-je une chose pareille ? Je

ne me suis pas trompée, et vous le savez aussi bien que moi.

Wallace se rapprocha encore, les lèvres pincées. Ses yeux d'un bleu passé brillaient de rage. Il sentait le vieux et le renfermé.

— Alors attends-toi à le regretter.

— Qu'est-ce que vous croyez, Wallace ? Que vous allez m'envoyer en prison ? C'est drôle, mais ça me rappelle quelque chose.

Non loin d'elle, un client reprit son souffle.

— T'as jamais su t'arrêter à temps, hein ? répliqua Wallace en levant le poing. Tu n'as pas le droit de te mêler de ma vie privée. Je te l'interdis !

Zoe contempla le poing levé.

— Vous avez l'intention de me frapper ? Allez-y. Ce ne sont pas les témoins qui manquent. Mais peut-être est-ce contraire à vos habitudes de frapper une femme en public ?

Wallace brandit un doigt menaçant sous son nez.

— Je te le redis une dernière fois, Zoe. Tu vas aller voir Sally pour lui dire que tu t'es trompée. Sinon, tu vas le regretter.

Zoe avait essayé de garder son calme, de se dire que Wallace n'était qu'un vieil homme pathétique, mais la moutarde lui montait au nez. Elle repoussa d'un revers de la main le doigt vengeur.

— Je vous interdis de me menacer ! Allez-vous-en, Wallace.

Le vieil homme dont le visage était devenu violacé fit un pas en arrière puis s'arrêta, comme surpris, et vacilla. Voyant qu'il allait s'effondrer, Zoe lâcha son café pour le rattraper. Elle réussit à éviter que sa tête ne heurte une table, mais ne put l'empêcher de tomber par terre.

— Wallace ?

Penchée sur lui, elle déboutonna son manteau et constata en posant la main sur son torse que son cœur battait dangereusement vite. Il tentait en vain de dire quelque chose et ses yeux étaient ouverts, mais il ne semblait pas la voir.

Affolés, les clients avaient fait cercle autour d'eux.

— Appelez les secours, vite !

Le gyrophare rouge de l'ambulance pulsait comme un pouls angoissé derrière la vitrine du café. Zoe eut beau fermer les yeux pour ne plus le voir, la lumière se reflétait sur les murs et dans son cerveau, lui rappelant de manière obsédante la dernière fois qu'elle avait appelé une ambulance.

C'était sûrement un rêve. Ça ne pouvait pas lui arriver une seconde fois.

Un autre représentant de la famille Tate sur une civière.

Une autre voiture de police derrière l'ambulance.

Qu'était-il arrivé à Wallace ? Pourquoi s'était-il effondré ainsi ? S'agissait-il d'une attaque cardiaque ?

Elle décida de sortir pour se renseigner auprès des infirmiers.

Une bouffée d'air frais et printanier l'accueillit et elle s'arrêta net sur le trottoir. Wallace Tate se trouvait sur la civière, près de l'ambulance. Deux infirmiers s'affairaient autour de lui. Lorsqu'ils s'écartèrent, elle vit qu'ils l'avaient attaché.

Une pitié inattendue l'envahit au spectacle de cet homme qui gisait, impuissant, sous ses yeux. Wallace Tate, son persécuteur depuis six ans, n'était plus qu'un vieillard pathétique. Il ne supporterait pas cette idée, ne tolérerait pas qu'elle éprouve de la compassion pour lui. Après un dernier regard vers l'ambulance, elle retourna dans le café.

— Alors, Zoe, le spectacle est à votre convenance ?

C'était Ray Dobbs, le chef de la police, qui venait d'entrer derrière elle. Son regard bleu était plus froid et sa brosse grisonnante plus raide que jamais. Il incarnait l'indignation.

— Pas du tout. Pour tout dire, il me fait pitié, déclara-t-elle en soutenant son regard. Plutôt drôle, non ?

— Je n'ai pas vraiment envie de rire.

— C'est bien là votre problème, chef. Vous n'avez aucun sens de l'humour.

La mâchoire de Dobbs se crispa.

— Attention à ce que vous dites, Zoe ! Vous êtes déjà dans de sales draps.

Zoe garda son calme, arborant le visage attentif

et poli qu'elle avait appris à composer durant ses années de mariage.

— Que voulez-vous dire ? J'ignore ce qui est arrivé à Wallace.

— Il serait tombé comme ça, sans raison particulière ?

— Exactement. Nous discutions et il est tombé.

— Vous discutiez ! Vous appelez ça discuter ?

Le policier désigna les autres clients, regroupés çà et là, qui s'entretenaient à voix basse.

— Ce n'est pas la version de ces gens-là.

— Wallace était en colère. Ça ne devrait pas vous surprendre : voilà six ans qu'il m'en veut. Bref, il s'est mis à hausser le ton.

— Et sur quoi portait cette « discussion » au juste ?

— C'était purement personnel. Ça ne regarde que lui et moi.

— C'est ce que vous croyez. Je vous conseille de changer d'attitude, ou je vous colle derrière les barreaux tant que nous n'aurons pas tiré au clair ce qui s'est réellement passé.

— N'essayez pas de m'intimider, chef. Ça ne prend pas avec moi. D'autres, autrement plus effrayants que vous, ont déjà essayé. A commencer par Wallace Tate.

Loin d'esquiver, Zoe faisait face, regardant le policier droit dans les yeux et s'efforçant de respirer calmement.

— Vous n'avez pas le droit de m'arrêter sous prétexte qu'un homme s'est trouvé mal devant moi.

— Wallace était en colère et vous vous êtes battus, reprit Dobbs.

— Ce n'est pas ce que j'ai dit.

— Il s'est approché de vous. L'avez-vous poussé ? Est-ce pour ça qu'il est tombé ?

— Sûrement pas ! Je ne l'ai pas touché !

Si, justement, se rappela-t-elle soudain. Elle avait repoussé la main qu'il brandissait sous son nez.

Dobbs survola le café des yeux.

— Ce ne sont pas les témoins qui manquent, ici. Voyons ce qu'ils ont à dire. Vous, asseyez-vous. Et ne bougez pas d'ici.

— Il n'est pas question que je m'assoie. Vous n'avez pas le droit de me retenir ici.

L'inspecteur principal darda sur elle son regard glacial.

— Vous êtes vraiment une emmerdeuse. On ne vous l'a jamais dit ?

— Si, tout le temps. Surtout des hommes qui essaient de m'intimider pour s'en prendre à des femmes qui sont dans mon foyer.

Elle inspira profondément. Il ne fallait surtout pas laisser Dobbs la faire sortir de ses gonds.

C'est le moment que choisit Jamie Evans, le policier qu'elle avait eu au téléphone et qui avait pris l'appel, pour les rejoindre.

— Chef, l'infirmier voudrait vous poser une question. Il est dehors.

Dobbs remonta son pantalon et sortit. Dès qu'il fut parti, Zoe se laissa tomber sur une des chaises. Ce n'était pas comme six ans auparavant, se dit-elle.

Personne n'était mort et elle n'avait rien fait. Inutile, donc, de s'inquiéter.

Sauf que celui qui avait eu un malaise s'appelait Wallace Tate, et c'était justement ce qui changeait tout.

Elle sortit son téléphone tout en observant Dobbs qui, de retour, commençait à interroger les autres clients. Son avocate décrocha.

— Helen, j'ai un problème. Wallace a fait un malaise alors qu'il me parlait, et Dobbs parle de m'arrêter.

— Quoi ? Tu t'es battue avec Tate ?

— Non ! Il est entré dans le café en m'interpellant, m'a menacée d'un geste et il est tombé. C'est tout.

— Ne dis pas un mot et garde ton calme.

— Trop tard.

Par la fenêtre, elle vit les infirmiers hisser Wallace dans l'ambulance.

— Tu n'as donc pas encore appris…, grommela Helen. Hum, excuse-moi. Ne dis plus rien à Dobbs. Si tu n'as fait que parler avec Tate, il ne peut pas t'arrêter.

— Je ne vois pas ce qui l'en empêcherait. On va emmener Wallace à l'hôpital et Dobbs a peur. Il est capable de tout. J'ai besoin de toi, Helen.

— Je suis à Green Bay, en train de prendre une déposition. J'en ai encore pour environ deux heures, mais j'arrive dès que je peux.

— Dépêche-toi, Helen…

Au même moment, Dobbs quitta une table où il

venait d'interroger quelqu'un et fonça vers elle avec un air triomphant.

— ... j'ai comme un mauvais pressentiment.

— Je vais appeler le cabinet pour voir si quelqu'un peut venir à ma place. Tiens bon, Zoe. Je ne le laisserai pas te mettre derrière les barreaux.

— D'accord.

Elle frissonnait déjà à la pensée de l'expérience claustrophobe de la cellule.

— Reste calme.

— Je vais essayer.

— Tu dois y arriver. Evite de donner à Dobbs la corde pour te pendre !

Sur ces paroles réjouissantes, Helen raccrocha.

Zoe referma son portable, inspira profondément et se redressa en attendant l'assaut de Dobbs.

— Alors comme ça, vous ne l'avez pas touché, hein ? Vous maintenez cette déclaration ?

— Je ne l'ai pas poussé.

— Ce n'est pas ce qu'on m'a raconté.

Il désigna deux femmes qui avaient fréquenté le même lycée qu'elle et détournaient maintenant le regard.

— Mary Ellen et Tina affirment que vous l'avez poussé.

— C'est faux, dit Zoe qui s'efforçait de ne pas céder à la panique.

— Les témoins l'affirment, répliqua le policier.

Il sortit ses menottes qui étincelèrent sous les néons.

— Zoe McInnes, vous êtes en état d'arrestation…

Elle revit la scène avec Wallace.

— Il me menaçait du doigt et j'ai repoussé sa main. C'est tout.

— Coups et blessures. Vous êtes en état d'arrestation. Tournez-vous.

Dobbs brandit les menottes sous le nez de Zoe.

— Alors vous devrez aussi arrêter Wallace Tate !

— Ce n'est pas vous qui allez m'apprendre mon métier.

— Il faut bien que quelqu'un le fasse. Aucun juge ne vous donnera raison dans cette affaire.

— Je m'en moque…

Dobbs se rapprocha pour ajouter à voix basse :

— Même si je ne vous retiens que quelques heures en garde à vue, ça suffira pour qu'on en parle dans le journal. « Zoe McInnes, directrice du foyer Safe Harbor, arrêtée pour coups et blessures. » Je suis sûr que Wallace adorera.

— Je sais que vous faites du zèle auprès de Wallace parce que vous briguez un poste à la fac, mais vous ne croyez pas que vous allez un peu loin ? Ce foyer est utile. C'est là que vous amenez les femmes victimes de violences domestiques.

— Il fallait y penser avant de frapper Wallace.

Pourquoi fallait-il qu'aujourd'hui, justement, Helen soit à Green Bay ?

Dobbs attrapa Zoe par l'épaule et la retourna sans ménagement. Alors qu'elle trébuchait, il lui tira l'autre bras.

Jamie Evans, qui revenait du dehors ébouriffé par le vent, s'interposa.

— Qu'est-ce qui se passe, chef?

— A ton avis? fit Dobbs en l'écartant. Je l'arrête pour coups et blessures. Elle a poussé Wallace Tate et c'est la raison pour laquelle il est tombé.

— C'est faux! Je ne l'ai pas poussé.

Jamie posa une main sur le bras de son supérieur.

— Chef, je sais que Wallace est un ami à vous. Vous devriez vous calmer.

— Cette fille me tient tête.

— Sûrement, mais vous ne pouvez pas lui passer les menottes sous prétexte qu'elle est insolente.

Evans se tourna ensuite vers Zoe.

— Et toi, tâche de la fermer.

Jamie et elle étaient de vieux amis, mais elle n'allait pas faire profil bas, même pour lui.

— Dis à ton boss de me lâcher.

Jamie s'interposa de nouveau.

— Wallace ne porte aucune marque, chef. Rien qui indique qu'elle lui ait fait quelque chose. Nous devrions peut-être parler au médecin avant de commettre une bavure.

— Tu ne vas pas te mettre toi aussi à m'expliquer comment je dois faire mon travail? s'énerva Dobbs.

— J'essaie simplement de vous rendre service.

— Je n'ai pas besoin qu'on me rende service. Elle va aller se calmer en cellule un petit moment.

— Chef, son avocate est Helen Cherney. Vous

savez qu'elle peut faire du tapage. Vous êtes certain de vouloir en assumer les conséquences ?

— Tout ce qu'il y a de certain. Cherney t'impressionne peut-être, pas moi.

— Vous avez tort, marmonna Evans en s'éloignant.

Zoe le regarda s'en aller. Helen et lui se tournaient autour depuis plusieurs mois. Apparemment, ils n'étaient pas allés au-delà de l'échange de piques.

Tirant de nouveau sur son bras, Dobbs termina de lui passer les menottes puis il la fit se retourner et l'entraîna vers la sortie. Zoe ne se priva pas de dévisager les autres clients, qui avaient observé la scène avec le plus grand intérêt. Elle les connaissait presque tous. La plupart paraissaient soudainement absorbés par leur café ou leur journal.

Une heure s'était écoulée. Zoe tournait en rond dans sa cellule du poste de police de Spruce Lake. Sa respiration sifflait comme celle d'une asthmatique, et elle était obligée de serrer les bras autour de son buste pour s'empêcher de trembler. Si elle avait su qu'elle finirait la journée en cellule, elle aurait mis des vêtements plus chauds.

A chaque tour quelle faisait, les murs semblaient se resserrer autour d'elle. Pour la énième fois, elle consulta l'horloge. Il était quasiment la même heure que la dernière fois.

Où était Helen ? Ou l'autre avocat qu'elle devait

lui envoyer ? Cela faisait maintenant deux heures qu'elles s'étaient entretenues au téléphone. Elle mit machinalement la main à sa poche pour sortir son portable... et se rappela qu'on le lui avait confisqué, ainsi que sa montre, son porte-documents, son collier et ses boucles d'oreilles.

Elle cessa de tourner en rond pour frapper les barreaux puis s'assit sur le mince matelas de sa couche et se recroquevilla, les yeux fermés, essayant de s'imaginer ailleurs.

Le bruit d'une porte qu'on ouvrait lui fit relever la tête. Un homme grand et brun vêtu d'un costume et tenant un attaché-case s'avança dans le couloir. Zoe se leva d'un bond.

— Dieu merci, vous voilà ! Tout est arrangé ? Vous avez pu faire entendre raison à Dobbs ? Faites-moi sortir de cette cage.

Un jeune policier qu'elle connaissait à peine fit entrer l'inconnu dans la cellule puis referma et s'en alla.

L'avocat la détailla de la tête aux pieds.

— Vous êtes Zoe McInnes ? demanda-t-il d'un ton presque accusateur.

— Evidemment ! Vous voyez quelqu'un d'autre, ici ?

— Voulez-vous me dire ce qui s'est passé avec Wallace ?

— Je vous dirai tout ce que vous voudrez quand vous m'aurez fait sortir d'ici.

— Et pourquoi le ferais-je ?

— Parce que c'est votre boulot ! C'est bien Helen qui vous envoie ?

— Quelle Helen ?

— Vous n'êtes pas avocat ?

— Si, mais je ne connais aucune Helen.

Zoe inspira profondément et observa l'inconnu. Son visage lui était vaguement familier, mais elle n'arrivait pas à mettre un nom dessus.

— Qui êtes-vous ?

Il la regarda encore un long moment avant de répondre :

— Gideon Tate. L'autre fils de Wallace. Le frère de celui que vous avez tué.

# Chapitre 2

Gideon la vit pâlir. Ses cheveux n'en paraissaient que plus noirs et ses yeux plus bleus. Il remarqua que sa main s'était crispée sur le barreau de la cellule, avant de retomber mollement tandis qu'elle le fixait. S'il n'avait pas su à qui il avait affaire, il aurait pu croire qu'elle avait reçu un choc.

— Vous êtes le frère de Derrick ?

— En chair et en os.

— Que faites-vous ici ?

Elle faisait visiblement des efforts pour se ressaisir. En quelques instants, la jeune femme affolée qui l'avait supplié de la faire sortir de sa cellule se mua sous ses yeux en une personne calme et maîtresse d'elle-même.

— Je suis venu voir la femme qui a provoqué l'accident vasculaire cérébral de mon père.

— Votre père a eu un accident vasculaire cérébral ?

— C'est ce que disent les médecins.

Elle parut soulagée.

— Vous m'en voyez désolée.

Quelle actrice ! Mais il connaissait déjà ses talents :

il l'avait vue à l'œuvre lors du procès, six ans plus tôt.

— Je veux savoir ce qui l'a provoqué.

— Je n'en ai aucune idée. Il paraît qu'il a de la tension ; il a peut-être oublié de prendre ses médicaments.

Elle était vraiment d'une froideur exaspérante.

Il s'approcha et fut surpris de constater qu'elle ne bronchait pas. On le trouvait pourtant intimidant, en général.

— Que s'est-il passé pendant que vous parliez avec lui ? Avez-vous dit quelque chose qui l'a mis en colère ?

Elle réagit bizarrement, en souriant.

— Vous ne devez pas bien connaître votre père, pour me poser une question pareille. Le seul fait que j'existe suffit à l'exaspérer.

Ça, Gideon pouvait aisément l'admettre. Il suffisait en effet de la regarder pour le comprendre.

— Quel détail précis l'a mis hors de lui, cette fois ?

Elle perdit brusquement son sourire.

— Ça, ça ne vous regarde pas.

— Si, car c'est ce qui a provoqué son accident cérébral

— Demandez-le-lui, alors. Mais ça m'étonnerait qu'il vous le dise.

— Je n'ai pas l'intention de lui demander quoi que ce soit.

— Dans ce cas, vous n'aurez jamais la réponse à votre question.

— Je vous trouve bien impudente pour quelqu'un qui est derrière les barreaux.

— Si Wallace a été victime d'un accident vasculaire cérébral, je ne vais pas moisir ici. Se trouver par hasard dans la même pièce qu'une personne malade n'est pas un crime, que je sache.

Il était en train de se la mettre à dos, réalisa-t-il. Il était temps d'user de l'astuce et du charme dont tout le monde le créditait.

— Mademoiselle McInnes, je ne suis pas venu ici pour me quereller avec vous. Je voudrais simplement vous poser quelques questions.

Elle l'observa un instant, puis haussa les épaules.

— Après tout, pourquoi pas ? Je n'ai pas vraiment la possibilité de m'y soustraire, n'est-ce pas ?

Comme elle se massait le poignet, il remarqua des traces rouges sur sa peau.

— Comment vous êtes-vous fait ça ?

— Les menottes…

— Montrez-moi ça…

Il posa son attaché-case sur le sol et lui prit le bras. Elle eut un léger recul.

— Votre avocat devrait en parler à la police.

— Ne vous en faites pas, elle n'y manquera pas !

Drôle de fille ! Elle l'implorait de la sortir de sa cellule mais se moquait des ecchymoses causées par les menottes. En outre, elle soutenait son regard avec aplomb. Elle semblait le défier alors qu'il était le frère de celui qu'elle avait tué.

— Ray Dobbs m'a dit que mon père et vous vous étiez querellés dans un café.

— Wallace ne prend pas la peine de se quereller avec les gens : il leur donne des ordres et s'attend à ce qu'on lui obéisse.

— Que vous demandait-il ?

— De me mettre à plat ventre devant lui, ce qui ne risque pas d'arriver. Il n'aime pas qu'on lui dise non. C'est peut-être ça qui a provoqué l'attaque.

Gideon ne connaissait que trop cet aspect de la personnalité de son père.

— Il est vrai que ce n'est pas un caractère facile.

— C'est le moins qu'on puisse dire ! Que disent les médecins ?

— Pas grand-chose, ils n'ont pas terminé les tests. Apparemment, il a du mal à parler et à bouger.

— Pas très encourageant. Le pauvre…

Le pire, c'est qu'elle semblait sincère ! Gideon aurait voulu être ailleurs : l'hypocrisie de cette fille lui donnait la nausée.

— Ils ont trouvé un caillot et essaient de le résorber. Il a de la chance qu'on l'ait conduit aussitôt à l'hôpital, mais le fait qu'il ne parle ni ne bouge est inquiétant. Il faut paraît-il quelques jours avant de pouvoir évaluer l'étendue des dégâts.

— Vous m'en voyez désolée. Quoi qu'il en soit, je ne peux pas vous révéler le sujet de notre conversation.

— Mais enfin, pourquoi ?

— Parce que cela concerne une tierce personne.

Elle se remit à tourner en rond, à distance de lui.

— J'espère que votre père se rétablira vite, monsieur Tate. Je sais qu'il est bien soigné à l'hôpital de Spruce Lake.

— Pourquoi êtes-vous encore ici ?

— Parce que Ray Dobbs n'a pas daigné me confier la clé !

— Je voulais dire : dans cette ville.

— Comme vous le savez certainement, j'ai dû effectuer mon sursis à Spruce Lake. Lorsque ce sursis s'est terminé, j'avais refait ma vie ici. Une vie à laquelle je ne voulais pas renoncer.

— Vous avez préféré rester pour rappeler à tout le monde ce que vous avez fait.

— Non : pour rappeler à tout le monde ce que votre frère a fait !

— Et comment vous y prenez-vous ?

— Avec l'argent issu de la vente de notre maison, j'ai ouvert un foyer pour les victimes de violences domestiques.

— C'est ce qui s'appelle remuer le couteau dans la plaie. Ne vous étonnez pas que mon père vous déteste.

— Il me déteste parce qu'il n'arrive pas à m'intimider.

— Il vous déteste à cause de ce que vous avez fait à son fils. Je n'ai jamais pu croire que Derrick vous frappait, qu'il était violent. C'était mon frère, je le connaissais bien.

— Vraiment ?

Elle se redressa de toute sa hauteur et, bien qu'elle

soit plus petite que lui, il eut l'impression qu'elle le toisait.

— Vous ne vous êtes pas vus une seule fois pendant les deux ans où j'ai été mariée avec lui. Vous n'êtes même pas venu à notre mariage.

— J'ai eu un empêchement.

— C'était votre frère, tout de même. Vous auriez pu vous libérer.

Elle se permettait de le juger, par-dessus le marché !

— Mes relations avec mon frère étaient un peu compliquées.

— C'était seulement votre demi-frère. Les liens ne sont pas aussi forts, j'imagine.

— Cela n'a rien à voir.

Et pourtant… Gideon n'avait jamais éprouvé le besoin de se rapprocher de son père ou de Derrick, parce qu'il avait sa mère et un beau-père à la hauteur.

Il se le reprochait depuis le jour où un coup de fil leur avait appris la mort de Derrick.

— Puisque vous le dites, railla Zoe.

— J'étais très occupé…

Cette excuse sonnait lamentablement, même à ses propres oreilles.

— Derrick aussi était très occupé. A me taper dessus.

Comme dans un scénario bien huilé, la porte du couloir s'ouvrit sur ces entrefaites et une femme blonde se précipita vers la cellule.

— Désolée de t'avoir fait attendre aussi longtemps…

Elle s'arrêta net en apercevant Gideon.

— Mais qui êtes-vous ?

— Gideon Tate. L'autre fils de Wallace.

— Le frère de celui que j'ai tué, ajouta Zoe.

Cette pique l'avait donc blessée, songea Gideon. Tant mieux.

— Que faites-vous ici avec elle ?

— Je voulais lui parler.

— Et Dobbs vous a laissé entrer ?

— Sans doute parce que je le lui ai demandé poliment.

— Dobbs est encore plus stupide que je le croyais.

Zoe se rapprocha des barreaux, laissant derrière elle un sillage citronné qui tranchait avec le décor.

— Fais-moi sortir d'ici, Helen.

— Ils sont en train de terminer la paperasse. Tiens bon encore quelques minutes.

Les deux femmes se mirent à discuter à voix basse, ignorant sa présence. Gideon en profita pour étudier de près Zoe McInnes. Elle avait changé, depuis le procès. A l'époque, elle avait de longs cheveux coiffés en chignon, un regard vide, indéchiffrable. Elle était aussi d'une maigreur étonnante et son tailleur bleu roi pendait sur elle comme sur une fillette déguisée avec les vêtements de sa mère.

A présent, ses cheveux courts et frisés encadraient son visage, mettant en valeur son regard. Elle semblait musclée et en pleine forme. Quant à son regard, on y lisait clairement l'amusement, la maîtrise et une certaine insolence qui agaçait prodigieusement Gideon.

La porte s'ouvrit de nouveau et un policier en uniforme les rejoignit.

— Déplacez votre joujou, Helen. Vous gênez les voitures de patrouille.

Helen attendit que le policier ait ouvert la cellule et que Zoe en soit sortie pour lui répondre :

— C'est bien fâcheux, Jamie, mais nous n'en avons plus pour longtemps. Je dois juste dire deux mots à votre supérieur.

Elle passa dans la pièce voisine, suivie de Zoe. Gideon leur emboîta le pas. Ray Dobbs sortit de son bureau.

— Voyez qui est là ! ironisa-t-il. La crème des avocates de Spruce Lake…

Helen s'interposa entre le policier et Zoe, mais cette dernière vint se planter à côté d'elle. Apparemment, Zoe McInnes ne laissait personne régler ses comptes à sa place.

— Bonjour, chef. Vous avez vraiment commis une grossière erreur, cette fois.

— Comme c'est surprenant ! railla Zoe.

— Toi, je t'ai dit de te taire, répliqua Helen. Tu es censée suivre mes conseils, c'est pour ça que tu me paies.

— Vous n'en avez jamais assez de jouer les dures, Helen ? intervint Jamie.

L'avocate soutint un moment le regard du policier, puis sourit.

— Non, c'est bien trop amusant.

Elle se tourna ensuite vers Dobbs.

— Avez-vous eu les urgences à propos de Wallace ?

— Non. J'étais bien trop occupé sur la scène du crime.

— Vous perdez la main, Ray. Ce n'est même plus drôle, tellement vous me facilitez la tâche. Moi, j'ai parlé à Luke Trenton, du service de neurologie. Il m'a dit que Wallace avait été victime d'un accident vasculaire cérébral. N'est-ce pas, Tate ?

— C'est ce qu'on m'a dit, approuva Gideon.

— Et voilà ! reprit Helen. Ma cliente et moi allons vous quitter, Dobbs.

— Un accident vasculaire ?

— Oui.

Dobbs s'approcha de Zoe.

— Pour moi, c'est toi qui l'as provoqué. T'as intérêt à ce qu'il s'en remette.

Sur ces mots, l'inspecteur principal quitta la pièce.

Helen prit Zoe par le bras et l'entraîna vers la sortie.

— Attendez ! s'exclama Gideon. Je n'ai pas fini de m'entretenir avec Mlle McInnes.

Les deux femmes s'arrêtèrent.

— Tu as envie de lui parler ? demanda Helen à Zoe.

— Non.

— L'entretien est terminé, Tate.

Malgré sa colère, Gideon garda un visage impassible.

— Nous nous verrons plus tard, mademoiselle McInnes.

— Je n'ai rien d'autre à vous dire, monsieur Tate.

Gideon sortit à grands pas en leur passant sous le nez. Elle se trompait : cette conversation n'était pas terminée.

Zoe regarda partir Gideon avec un soupir de soulagement.

— Que s'est-il passé ? demanda Helen

Zoe ne répondit pas et désigna Jamie Evans, qui les avait suivies.

— C'est bon, je m'en vais.

Avant de sortir, il adressa un clin d'œil à Helen en passant.

— A bientôt, dure à cuire !

— Ce type a le don de m'énerver…, marmonna Helen.

— J'avais remarqué. Et maintenant, sortons d'ici.

— Du calme. Nous allons sortir lentement, comme si nous avions tout notre temps. Dobbs nous observe sûrement depuis son bureau. Tu ne dois pas lui montrer que tu as peur.

— Mais je n'ai pas tout mon temps !

— Mais si.

Helen la prit par le bras pour l'obliger à conserver une allure normale. Zoe parvint à quitter les locaux de la police comme une personne qui ne paniquait pas lorsqu'elle se retrouvait enfermée dans des espaces confinés. Dehors, elle inspira à fond l'air frais et printanier tout en se dirigeant vers la voiture de sport d'Helen, garée devant le poste sur un emplacement « stationnement interdit ».

— Et maintenant, raconte-moi exactement ce qui s'est passé, demanda Helen quand elles furent en route.

Zoe narra son altercation avec Wallace.

— Et puis il est tombé par terre.

— Tu l'as touché ?

— Il brandissait son doigt sous mon nez…

Exactement comme Derrick.

— Est-ce que tu l'as touché ?

— J'ai repoussé sa main. C'est tout.

— Au nom du ciel, Zoe ! Tu ne pouvais pas prendre sur toi ?

— Je ne l'ai pas frappé. Ce n'est pas ma faute s'il a eu une attaque.

Maintenant qu'elle était sortie des locaux de la police, Zoe se sentait vidée de toute énergie.

— Bien sûr que ce n'est pas ta faute, mais ce n'est pas l'avis de Dobbs.

— Je me fiche pas mal de Dobbs ! Je n'ai rien fait de mal. J'étais au café, je ne demandais rien à personne. Il est arrivé, menaçant, brandissant son doigt sous mon nez. J'ai simplement écarté sa main.

— Allons, du calme. Je ne dis pas que tu as fait quoi que ce soit, j'essaie juste de penser comme Dobbs.

— Impossible ! Dobbs ne pense pas. Il laisse ce soin à Wallace.

Helen se recoiffa en riant.

— Cette ville serait vraiment ennuyeuse comme la mort, sans toi !

— Je préférerais passer inaperçue. Je serais contente si personne ne me connaissait, ici.

Helen se gara derrière la voiture de Zoe, devant le café.

— Quoi qu'il se soit passé entre Wallace et toi, tu n'es plus seule, cette fois. Bree et Fiona sont là.

— C'est vrai.

Zoe descendit de voiture. Ses sœurs étaient peut-être là, mais tout n'était pas rose dans la fratrie. Il y avait trop de passé douloureux, de ressentiment et de larmes entre elles. Elle aimait ses sœurs, mais il y avait toujours des affrontements. Il en avait toujours été ainsi, toujours deux contre une. Jamais les mêmes contre la même, mais la tension restait identique.

Alimentée par leur père, naturellement.

Le fait d'être des triplées, véritables curiosités dans cette petite ville, d'attirer les regards et de provoquer les murmures sur leur passage partout où elles allaient n'avait pas arrangé les choses.

— Ce n'est pas pour moi qu'elles sont venues. Elles sont là pour nettoyer la maison de notre père avant de la mettre en vente.

— Peu importe pourquoi elles sont là. Tu as refusé de les voir pendant six ans, après la mort de Derrick. Elles en ont souffert. Maintenant, tu as l'occasion de te rattraper. Je suis sûre que tu les aiderais si elles avaient des ennuis.

— Mais je n'ai pas d'ennuis. Wallace a été victime d'un accident vasculaire. Je n'y suis strictement pour rien. C'est tout.

Zoe s'écarta d'Helen, qui l'avait rattrapée. Mais celle-ci s'interposa entre elle et sa voiture.

— Tu crois vraiment que c'est tout ? Tu sais que Dobbs tient à obtenir cette place à la fac et qu'il compte sur Wallace pour l'embaucher. S'il estime que ça peut l'aider, il n'hésitera pas à te mettre derrière les barreaux.

Zoe ouvrit sa portière d'une main tremblante.

— Et le frère de Derrick, que fait-il en ville ? insista Helen. Que te veut-il ? Tu y as songé ? Tu imagines comme les langues vont aller bon train quand on saura qu'il est venu te voir dans ta cellule ?

— Je ne vais pas demander à mes sœurs d'affronter les ragots à ma place.

— Mais peut-être qu'elles le voudront. Peut-être qu'elles y tiennent. Parle-leur, Zoe. Autour d'un verre, d'un petit dîner... Je vais voir ce que je peux apprendre sur Wallace. Et sur Gideon.

Helen s'éloigna. Après s'être installée dans sa voiture, Zoe sortit son téléphone portable. Elle avait un message. De Bree : « Est-ce que ça va ? Que se passe-t-il ? »

# Chapitre 3

— Y a quelqu'un ?

Zoe entra dans la maison paternelle et s'arrêta un instant pour humer le parfum de frais et de lave-vitre qui y régnait. Restée inhabitée depuis la mort de leur père, six mois auparavant, cette maison sentait encore le renfermé à l'arrivée de ses sœurs. A présent, elle avait l'odeur d'une maison dans laquelle il y a de la vie.

— On est dans la cuisine ! répondit Bree au loin.

Pour gagner l'arrière de la maison, Zoe dut se frayer un passage dans le couloir entre un sac d'écorces destiné aux reptiles de Charlie et une pile de cartons vides. Fiona, sa jumelle, était au téléphone. Bree épluchait un concombre devant l'évier. Le soleil qui pénétrait à flots par la fenêtre allumait des reflets d'or dans ses cheveux. Elle sourit à Zoe.

— Alors, ça va ? J'étais inquiète.

— J'ai eu ton message. Très étrange.

— Tu ne te souviens pas qu'on devinait toujours quand il arrivait quelque chose à l'une de nous ?

— Moi, si, déclara Fiona en éteignant son téléphone portable. Quand Bree m'a dit qu'elle était inquiète pour toi, j'ai pensé à Derrick. Ensuite, je me suis rappelé qu'il n'y avait plus à se faire de souci à cause de lui.

Zoe se laissa tomber sur une chaise.

— Arrêtez, toutes les deux ! Vous me flanquez la chair de poule.

— Pourquoi ? demanda Bree.

Zoe allait répondre quand Charlie fit irruption dans la pièce.

— Hé ! m'man ? T'as entendu la nouvelle ?

— Tu n'as pas dit bonjour, répondit Bree machinalement.

— Bonjour, tante Fee… Tante Zoe ! Comment t'as fait pour sortir de prison ?

Fiona en laissa tomber son téléphone sur la table.

— De prison ? Tu étais en prison ?

— Qu'est-ce que tu racontes, Charlie ? fit Bree en refermant la porte du réfrigérateur.

— Ray Dobbs m'a arrêtée, annonça Zoe.

— Yes ! triompha Charlie. Logan a parié avec moi que c'était faux. Il me doit cinq dollars.

— Charlie, au nom du ciel !

Zoe ne put s'empêcher de rire.

— Contente que ça t'ait rapporté quelque chose, Charlie. C'est pour ça que j'ai trouvé ton texto aussi bizarre, Bree. Et toi, Fiona, qui as pensé aussitôt à Derrick, alors que son frère est venu me voir en garde à vue… On dirait que les ondes circulent toujours entre nous trois.

— Elles sont juste un peu rouillées.

— Le frère de Derrick est venu te voir ? Et Dobbs l'a laissé faire ? s'étonna Fiona.

— Oui. Nous avons eu une conversation très intéressante. Après avoir décrété que j'avais assassiné son frère, il a voulu savoir ce que j'avais fait à son père.

— Le salaud ! s'écria Bree. Ray Dobbs va entendre parler de moi. Il n'avait pas le droit de laisser ce type te voir.

— Finalement, rien n'a changé dans cette bonne ville, soupira Fiona. Vous comprenez pourquoi je n'ai pas envie de moisir ici.

— Il ne faut pas généraliser. Tout le monde n'est pas comme Dobbs, à Spruce Lake. Ce type m'a dans le collimateur parce qu'il veut que Wallace lui obtienne une planque à la fac. Ça ne veut pas dire que tous les habitants de cette ville sont à mettre dans le même panier que lui.

— Ça ne te dérange pas que le chef de la police joue les tyrans et arrête des gens pour servir ses intérêts personnels ?

— Bien sûr que si. Mais je ne peux pas en vouloir à la ville entière à cause de lui.

— Comment fais-tu pour supporter cette ville, Zoe ? Ils t'ont retenue neuf mois en prison et ont essayé de te faire condamner pour avoir tué un homme qui te battait à mort !

— Ces neuf mois m'ont permis d'accoucher du foyer. Je fais beaucoup pour cette ville ; j'aide beaucoup de femmes.

Zoe se servit un verre de jus d'orange. N'empêche

que l'idée l'effleurait parfois de se fondre dans l'anonymat d'une plus grande ville, comme Fiona l'avait fait…

— J'ai des amis, ici, ajouta-t-elle.

— Par parmi les gens influents, on dirait.

— Je vais aller dire deux mots à Ray Dobbs, intervint Bree. Je vais lui faire comprendre qu'il doit te laisser tranquille.

— Ne fais pas ça, Bree. Je sais que c'est dans une bonne intention, mais ça ne ferait qu'envenimer la situation, crois-moi. Ray ne demande pas mieux que d'avoir une deuxième McInnes dans le collimateur.

— On ne peut tout de même pas le laisser agir impunément !

— Ne t'en fais pas, Bree : Helen Cherney s'occupe de tout.

Zoe s'efforça de sourire pour rassurer ses sœurs.

— Vous la connaissez ! Elle était avec nous à l'école, avec quelques années d'avance.

Elles se mirent à évoquer d'autres anciennes connaissances datant de l'école et, peu à peu, Zoe finit par se détendre. Elle ne voulait pas mêler ses sœurs à ses problèmes.

— Au fait, Bree, j'ai peut-être une piste pour t'avoir un poste de remplaçante.

— Ah oui ? Loin d'ici ?

— Tout près, au contraire. Une des profs d'anglais du lycée de Spruce Lake est actuellement hébergée au foyer, et j'ai su par elle qu'ils avaient du mal à lui trouver une remplaçante. Tu devrais peut-être aller voir le principal demain.

— Spruce Lake, c'est un peu trop près pour moi…

Bree perdit son sourire et jeta un coup d'œil vers Charlie, qui mangeait une orange au-dessus de l'évier.

— Charlie, lave-toi les mains et va faire tes devoirs.

Quand son fils fut sorti, elle poursuivit :

— Certaines personnes à Spruce Lake ont sûrement eu vent de ma « turpitude ». Je ne veux pas connaître de nouveau l'humiliation.

Fiona, qui composait un numéro sur son portable, s'interrompit.

— Personne ici n'est au courant de ce que tu as fait à l'époque où tu étais au lycée.

— Personne à Milwaukee n'était censé le savoir non plus. Pourtant, les administratifs ont fini par le découvrir. Ça se reproduira. Vous savez ce que c'est, dans les petites villes. Je serais pourtant ravie de décrocher un poste au lycée de Spruce Lake, mais je ne crois pas…

Sans achever sa phrase, Bree releva les mèches qui lui retombaient sur le visage tout en cherchant une barrette dans sa poche. Enfant, déjà, elle avait l'habitude de tripoter ses cheveux lorsqu'elle était nerveuse.

— C'était il y a longtemps, Bree. Tu étais très jeune. Tu essayais d'élever seule ton enfant et de poursuivre tes études. Les gens comprendront.

— Ben voyons ! C'est vrai qu'ils se sont montrés tellement compréhensifs quand tu as tiré sur Derrick !

— Ce n'est pas la même chose.

— Ouais… Tu crois que ça ne fera rien aux gens d'ici d'apprendre qu'une ancienne strip-teaseuse enseigne au lycée ? Allons, Zoe, redescends sur terre !

— Tu pourrais au moins réfléchir à cette opportunité.

Bree était au chômage. Enseigner au lycée de Spruce Lake serait vraiment commode pour elle.

— Prends rendez-vous avec le principal. Ça ne t'engage à rien.

— Tu n'as vraiment pas changé. Toujours à nous donner des ordres…

— J'essaie seulement de t'aider.

— Qui te dit que j'ai besoin de ton aide ?

— Tu as besoin d'un travail. Je te donne un tuyau sur un poste.

— De toute façon, intervint Fiona, tu ne vas pas rester éternellement ici. S'ils découvrent le pot aux roses, tu pourras toujours déménager.

— La fuite n'est pas une solution, Fiona. Il faut parfois savoir affronter les gens.

— On n'est peut-être pas aussi fortes que toi, Zoe. La fuite est parfois l'unique solution… Il faut que je rentre à New York. J'ai du nouveau.

— Mais on vient à peine de commencer à s'occuper de cette maison ! s'exclama Zoe.

— Je pars seulement quelques jours. De toute manière, je suis obligée de revenir car j'ai une exposition-vente de bijoux ici la semaine prochaine.

— Et pourquoi dois-tu aller à New York ?

— Mon agent m'a obtenu un rendez-vous avec les acheteurs d'un grand magasin.

— J'ignorais que tu voulais vendre tes bijoux dans des grands magasins, s'étonna Zoe.

— Tu vois bien que tu veux toujours te mêler de nos affaires !

— J'affronte les problèmes, Fiona. Je ne les fuis pas.

Fiona et elle se ressemblaient peut-être physiquement, mais pas en ce qui concernait le caractère.

— On se croirait revenues au bon vieux temps, fit remarquer Bree. Dès que nous sommes ensemble, nous sommes comme chiens et chats.

— N'exagérons rien, dit Zoe.

Ce n'étaient que des chamailleries — et Dieu sait si elles s'étaient chamaillées pendant vingt ans. Elle avait espéré que les choses avaient changé, depuis, qu'elles avaient grandi toutes trois. Et voilà que Fiona prenait la fuite, comme toujours…

— D'accord, Fiona. Retourne à New York, occupe-toi de tes affaires. Mais je t'en prie, reviens à la maison lorsque tu auras fini.

Bien que le terme « maison » paraisse déplaire à Fiona, elle acquiesça.

Elle partit en courant et Zoe échangea un regard avec Bree. Elle savait qu'elles pensaient la même chose : Fiona reviendrait-elle vraiment ?

Rien n'était moins sûr.

*
* *

Planté près du lit d'hôpital de son père, Gideon observait le vieil homme. Ses yeux étaient tournés vers lui et sa bouche bougeait, mais il ne pouvait pas parler. Wallace avait maintenant des cheveux blancs, un teint grisâtre, une peau fripée. Il avait vieilli depuis la mort de Derrick, six ans auparavant.

— Bonjour, papa. On m'a appelé pour m'annoncer que tu avais eu un accident vasculaire. Je suis arrivé hier et je vais rester quelques jours, le temps de m'assurer qu'on s'occupe bien de toi.

Son père ne parvint à répondre que par quelques borborygmes. Etait-il content que son fils soit là, ou essayait-il de lui dire de partir ?

Peu importait. Gideon ne partirait pas. S'il avait autrefois souffert du rejet de son père, il était adulte, à présent. Il aurait dû avoir la maturité nécessaire pour faire le premier pas bien plus tôt.

Les circonstances lui offraient une chance de réparer les choses. Jamais il n'avait songé revenir à Spruce Lake mais, lorsqu'on l'avait appelé pour lui annoncer l'accident de son père, il avait aussitôt sauté dans sa voiture. Personne d'autre que lui ne pouvait plaider en faveur de son père. Personne d'autre ne pouvait obliger Zoe McInnes à payer pour ce qu'elle avait fait.

Comme s'il ne lui suffisait pas d'avoir tué son frère, voilà maintenant qu'elle avait provoqué l'accident cérébral de son père. Cette fois, il ne quitterait pas Spruce Lake avant qu'elle ait été condamnée.

— Ray Dobbs a arrêté Zoe McInnes, tu sais.

Un éclair traversa le regard de son père. Comme une lueur de joie.

— Si elle est coupable, je ferai en sorte qu'elle paye.

Wallace tenta de parler. Impuissant face à ses difficultés, Gideon lui prit la main et sentit les doigts de son père bouger sous les siens. Sa peau était sèche et fine, la peau d'un vieillard.

— Bonjour tout le monde !

En entendant cette voix derrière lui, Gideon lâcha la main de son père et se retourna. Un homme de son âge en tenue de chirurgien s'approcha du lit, une feuille de température à la main, et observa attentivement le malade.

— Je suis le Dr Trenton. Vous devez être le fils de M. Tate, on m'a dit que vous étiez arrivé. Comment va-t-il, ce matin ? Il vous a parlé ?

— Non. Il bouge les lèvres et émet quelques sons, mais c'est tout.

Le docteur griffonna quelques notes sur le bulletin.

— Des mouvements ?

— J'ai senti bouger ses doigts un peu.

— Ceux de la main gauche ?

— Oui.

— C'est le côté gauche qui est atteint, expliqua le médecin tout en annotant le bulletin. Cela ne vous ennuie pas d'attendre dans le couloir pendant que je l'examine ?

— Pas du tout.

Gideon dut patienter un bon moment avant de pouvoir retourner auprès de son père.

— Le médicament que nous lui avons administré lui a fait du bien, lui annonça le Dr Trenton. Mais j'aimerais injecter un anticoagulant directement sur l'obstruction. Je vais programmer cela pour cet après-midi.

— Il va se remettre ?

Le médecin hésita.

— Je l'espère. Il va mieux que lorsqu'on nous l'a amené. Si nous pouvons encore réduire le caillot, il guérira plus vite. Il faudra s'attendre à une longue rééducation, mais je pense qu'il récupérera une grande partie de ses facultés. Le scanner ne montre rien qui laisse présager une convalescence difficile. Avant toute chose, j'aimerais dissoudre ce caillot.

Comme le Dr Trenton allait sortir, Gideon lui posa la question qui lui brûlait les lèvres.

— Docteur, mon père se querellait avec une personne lorsqu'il a eu cet accident. Y a-t-il un rapport de cause à effet ?

— Je suis au courant, oui. Il s'en est pris à Zoe McInnes au café. Au moins vingt personnes différentes m'ont raconté la même histoire… C'est à se demander comment autant de monde a pu s'entasser chez Joe's.

— Le téléphone arabe, dit Gideon en esquissant un sourire. Typique des petites villes.

— Plus sérieusement : est-ce qu'une dispute peut avoir provoqué cet accident vasculaire ? Ça n'a probablement rien arrangé, mais le vrai coupable, c'est la tension élevée de votre père.

— Voulez-vous dire que le chef de la police ne pourra pas accuser Zoe ?

Le médecin haussa les épaules.

— Il peut toujours avancer que cette dispute a été un facteur aggravant. De là à vous dire que cette accusation sera retenue… Mais j'imagine que Dobbs s'en moque. Il en veut toujours à Zoe d'avoir été acquittée alors qu'elle avait tué…

Le médecin hésita et détourna les yeux pour terminer sa phrase.

— … son mari.

— Mon frère, corrigea Gideon en ravalant sa rage.

— Elle a prétendu qu'il la battait et qu'elle craignait pour ses jours. Certaines personnes l'ont crue.

Là-dessus, le médecin s'éloigna dans le couloir et entra dans une autre chambre. Faisait-il partie de ces personnes ?

Gideon revit Zoe la tête haute et le dos bien droit. Elle n'était pas du tout telle qu'il se l'était imaginée. Ce n'était plus la femme fantomatique et exténuée qu'il avait découverte au procès. La veille, au poste de police, il s'était trouvé face à une femme sûre d'elle, capable de se maîtriser parfaitement — du moins après avoir appris qui il était.

Car lorsqu'il était arrivé, elle semblait plutôt vulnérable et apeurée. Comment avait-elle fait pour se métamorphoser ainsi en un clin d'œil ?

Voilà qui révélait chez Zoe McInnes une profondeur à laquelle il préférait ne pas songer. Il préférait ne voir en elle que la femme qui avait tué son frère et provoqué l'attaque cérébrale de son père.

C'était tout ce qu'il avait besoin de savoir pour l'affronter. Il trouverait bien un moyen de l'atteindre. Quel motif avait poussé Wallace à s'en prendre à elle publiquement ? Voilà une chose qu'il entendait bien découvrir et qui lui fournirait peut-être une arme contre elle.

C'était la moindre des choses qu'il puisse faire pour son père, après l'avoir ignoré pendant tant d'années.

# Chapitre 4

Gideon remonta à grands pas l'allée conduisant à la maison de son père. Il frôla au passage le genévrier, cette plante hideuse qu'il détestait depuis le jour où, enfant, il était tombé dedans.

Les genévriers lui rappelaient toujours cette maison…

Il entra à contrecœur dans la demeure de style géorgien ; en y séjournant, il avait l'impression de trahir sa mère.

La console d'acajou et le miroir de l'entrée étaient toujours à la place où il les avait vus pour la dernière fois, vingt ans plus tôt. Les fauteuils capitonnés et le canapé n'avaient pas changé non plus, bien que leur tapisserie se soit fanée, passant du violet au marron.

Les mains dans les poches, il alla jusqu'à la cuisine. Il se sentait comme un cambrioleur, un intrus. Ce n'était pas chez lui. Il n'avait aucun souvenir de son existence ici, puisque sa mère avait quitté son père alors qu'il n'était âgé que de un an.

Une odeur désagréablement douceâtre flottait dans l'air. Gideon l'identifia comme provenant de la poubelle, qu'il sortit. Puis il tria le courrier.

Les lunettes de son père étaient restées sur le plan de travail. Le journal de la veille était posé, soigneusement plié, sur une chaise. Une tasse, une assiette et des couverts séchaient sur l'égouttoir, près de l'évier. Des touches de vie domestique normale, en somme. Son père ne se doutait pas, en sortant de chez lui hier, qu'il n'était pas près d'y revenir.

Gideon monta ensuite dans la chambre d'amis, qu'il occupait, et prit le roman qu'il avait laissé sur la table de chevet. La maison était pleine de fantômes. Celui de sa mère, lui demandant ce qu'il était venu faire là. Celui de son père, qui voulait savoir pourquoi, à douze ans, il avait préféré suivre sa mère qui quittait Spruce Lake plutôt que de rester avec lui et son demi-frère. S'ajoutait à cela son sentiment de culpabilité, qui le poussait à s'interroger sur les raisons pour lesquelles il n'était jamais revenu.

Abandonnant brusquement son livre, il descendit rapidement l'escalier et sortit, soulagé de retrouver le soleil de cette fin de journée, de respirer un peu.

Puis il se dit qu'il ferait sans doute bien d'aller au café où son père avait eu son malaise, pour voir s'il ne s'y trouvait pas des témoins de son altercation avec Zoe.

Comme il descendait la rue principale, un homme l'interpella.

— Gideon ? C'est toi ?

Il se retourna. C'était Dave Johnson, un vieil ami de son frère.

— Salut, Dave. Ça fait plaisir de te voir.

Dave lui serra la main, qu'il garda un peu plus longtemps que nécessaire dans la sienne.

— Tu as eu mon message ?

— Quel message ?

Gideon se rappela soudain qu'il n'avait pas consulté sa messagerie depuis son arrivée à Spruce Lake.

— Je t'ai appelé quand j'ai appris, pour ton père. Je me suis douté que tu viendrais.

— Désolé, Dave. C'est dingue, mais je n'ai pas pensé à regarder mes messages depuis que je suis là.

Dave passa une main hésitante sur son début de calvitie.

— Désolé pour ton père.

Son ton semblant peu naturel, Gideon l'examina plus attentivement.

— Ça va ?

Son interlocuteur resta un moment immobile, puis secoua la tête.

— Non, ça ne va pas très bien.

— Qu'y a-t-il ?

Dave était autrefois le meilleur ami de Derrick. Gideon l'avait retrouvé à l'université, à Madison, et avait continué à le voir après la mort de Derrick. Or, il avait toujours été un type cool et décontracté, qui ne se faisait jamais de souci.

— Ecoute, répondit Dave. Je sais que tu es occupé avec ton père, mais il faut que je te parle. Si tu as le temps, on pourrait prendre une bière ?

— Pas de problème, je ne suis pas minuté.

Il irait enquêter au café plus tard.

Ils se rendirent au Lake House, qui était presque

désert. Gideon examina les vieux canoës accrochés aux murs, les saint-pierre et les saumons royaux naturalisés, les cannes à pêche anciennes.

— Je me souviens de cet endroit.

— C'est une institution locale, dit Dave avec un demi-sourire.

Il commanda deux bières et ils allèrent s'installer dans une alcôve.

— Comment va Barb ?

Gideon avait rencontré une ou deux fois la femme de Dave. Dans son souvenir, c'était une jolie femme, agréable, et qui semblait heureuse avec son mari.

— C'est justement de ça que je voulais te parler.

— De Barb ?

— Oui.

Dave but une longue gorgée de bière et reposa sa bouteille d'une main un peu tremblante.

— Elle est allée raconter à la police que je la frappais et m'a fait arrêter.

Gideon, qui s'apprêtait à boire, suspendit son geste.

— Quoi ? Et c'est vrai ?

— Quoi ?

— Que tu la frappes.

— Bien sûr que non !

Dave paraissait vexé de cette question et Gideon s'en voulut. Dave étant l'ami de son frère, il devait lui faire confiance.

— Et pourquoi est-elle allée raconter ça ?

— Je n'en ai aucune idée.

— L'un de vous a-t-il quitté le foyer ?

— Elle. Elle loge au foyer pour femmes Safe Harbor. C'est Zoe McInnes qui a prévenu la police.

— Zoe McInnes ? répéta Gideon en reposant brutalement sa bière.

— Oui. C'est elle qui s'occupe de ce foyer. Et maintenant, je suis accusé de violences conjugales.

— Bien que tu ne l'aies pas frappée.

— Evidemment que non, dit Dave en reprenant une gorgée de bière. Jamais je ne lèverais la main sur elle.

— Elle devait avoir un minimum de preuves. Les flics ne t'auraient jamais arrêté sur ses seuls dires.

— Barb est tombée d'une échelle. Elle avait des bleus sur le bras, le côté, et des côtes cassées. Elle a dit aux flics que c'était moi qui lui avais fait ça.

— C'est sa parole contre la tienne.

— Exactement.

Gideon examina plus attentivement son interlocuteur. A Milwaukee, en tant que procureur, il était sans cesse amené à requérir dans des affaires de violences conjugales. Au moins Dave faisait-il preuve d'une certaine originalité, les excuses habituelles étant « elle est tombée dans l'escalier » ou « elle s'est cognée à une porte ».

— Que veux-tu que je fasse ?

L'air aux abois, Dave se pencha vers lui.

— Tu connais bien le système. Je voudrais t'engager pour assurer ma défense.

— Je suis avocat du ministère public, Dave. Je n'assure pas les défenses.

— Mais tu es avocat, non ?

— Oui, mais je suis de l'autre côté. Si nous étions à Milwaukee, c'est moi qui t'accuserais. Tu dois trouver quelqu'un d'autre pour te monter une défense.

Dave finit sa bière.

— Tu crois que je suis coupable, c'est ça ? Tu crois que j'ai frappé ma femme ?

Gideon contempla son verre. Il hésitait. S'il s'était agi d'un autre que Dave, il l'aurait estimé coupable. Mais Dave était un ami de Derrick. La moindre des choses, c'était de se garder de tout *a priori* défavorable à son égard.

— Tu dis qu'elle a menti à la police. Mais quelle raison avait-elle de le faire ?

— Je n'en sais rien ! Je ne m'étais pas rendu compte qu'elle me détestait à ce point. On a eu des hauts et des bas, comme tous les couples. Mais, là, je n'ai rien vu venir.

— Rien n'a pu envenimer les choses ? Tu ne l'as pas malmenée au cours d'une altercation ? Pas menacée ?

— Je te jure, Gideon, je n'ai jamais levé la main sur elle.

Dave s'avachit sur sa chaise et se passa une main sur le visage.

— Tu te souviens de ma mère ? Tu te rappelles comme elle était sévère ? Que je regarde seulement une fille de travers, et j'étais puni pour la semaine… J'ai été à bonne école, tu sais ; jamais je ne lèverais la main sur une femme. Je ne pourrais pas.

Gideon était bien placé pour savoir que les clients

qui mentaient à leur avocat étaient légion, mais Dave semblait avoir honte. Or, c'était quelque chose qu'on observait rarement chez les hommes coupables de violences conjugales.

— Raconte-moi ça plus en détail. Pourquoi Barb est-elle allée voir Zoe ?

— Parce que Safe Harbor est le seul foyer de la ville. Et tout le monde sait que Zoe défend comme une lionne les femmes qui y vivent.

— Elle n'interroge pas celles qui se présentent au foyer ? Elle ne vérifie pas leurs dires ?

— Je n'en sais rien. Tout ce que je sais, c'est que quand j'ai voulu parler à Barb, Zoe m'a viré. Elle n'a même pas voulu écouter ma version de l'histoire. Elle m'a répondu que Barb ne voulait plus entendre parler de moi. Point.

Dave fit signe au barman de lui apporter une autre bière avant d'achever.

— Elle m'a dit que je la verrais au tribunal.

Gideon sirota sa bière pendant que Dave en vidait une seconde. Et si cette histoire lui fournissait le prétexte qui lui manquait pour interroger Zoe ? Ne tenait-il pas là une occasion idéale pour la démasquer et prouver qu'elle utilisait le foyer dans un but personnel ? Si tel était le cas, ce serait avec le plus grand plaisir qu'il dévoilerait l'affaire au grand jour.

Il voulait lui faire payer ce qu'elle avait fait à son frère, puis à son père, et Dave venait de lui en procurer les moyens.

— D'accord, Dave. J'accepte d'assurer ta défense.

*
* *

— Merci de m'avoir amené Marilu et sa fille, Jamie.

Zoe montra à Jamie Evans le panneau de liège de son bureau, où étaient épinglées des photos de femmes souriantes et d'enfants. Tous avaient séjourné au foyer.

— Maintenant, poursuivit-elle, elle va pouvoir se reconstruire et être heureuse.

— Je suis bien content qu'elle soit enfin débarrassée de ce salaud de Jesse Halvorsen. Il était temps. Et toi, fais attention : Halvorsen a un sale caractère, il n'aime pas qu'on lui mette des bâtons dans les roues.

Le policier examina les dessins qui décoraient les murs, œuvres des enfants qui avaient trouvé au foyer un toit et la sécurité.

— J'ai beau avoir vu des centaines de cas, je n'arrive toujours pas à comprendre comment un homme peut en venir à battre sa femme et ses enfants.

— C'est pour ça que tu es un bon flic, Jamie.

Zoe farfouilla dans les papiers entassés sur son bureau en quête d'une carte d'Helen, qu'elle tendit au policier.

— Marilu n'a pas d'argent pour payer un avocat, mais Helen les connaît, Jesse et elle. Je suis sûre qu'elle acceptera de la défendre gracieusement. Tu ne voudrais pas aller le lui demander ?

Jamie se mit à tambouriner sur la table en évitant le regard de Zoe.

— Ça m'étonnerait qu'elle accepte, si c'est moi qui le lui demande.

— Détrompe-toi.

Zoe se pencha par-dessus son bureau pour glisser la carte dans la main du policier.

— Je sais parfaitement où se trouve son cabinet, marmonna-t-il.

— Alors, va lui parler. Elle n'a jamais mangé personne, tu sais.

— Sans blague ? C'est pourtant l'impression qu'elle donne.

Le policier s'en alla et le téléphone sonna au moment où Zoe refermait la porte derrière lui.

— Foyer Safe Harbor.

— Puis-je parler à Zoe McInnes ?

Elle reconnut aussitôt cette voix masculine.

— C'est elle-même.

— Gideon Tate à l'appareil. Il faut que je vous parle.

— C'est à propos de votre père ?

*Pourvu que son état n'ait pas empiré !*

— Il va mieux ?

— Son état est stationnaire. Ce n'est pas de lui que j'aimerais vous entretenir.

Zoe laissa échapper un soupir de soulagement. Un souci de moins, pour le moment.

— A quel sujet, alors ?

— C'est à propos de votre foyer.

— Safe Harbor ? Qu'y a-t-il ?

Si Tate s'en mêlait, cela n'augurait rien de bon.

— Je préférerais en parler avec vous de vive voix. Puis-je venir à votre bureau ?

— Je regrette, mais c'est impossible. Aucun homme n'est admis ici, en dehors de ceux que je connais personnellement.

— Dans ce cas, rencontrons-nous ailleurs.

Sa voix dénotait un certain agacement. Zoe elle-même sentait la moutarde lui monter au nez.

— Je regrette, monsieur Tate, mais mon emploi du temps est très chargé. Je pourrais peut-être vous accorder un moment… après-demain.

— A quelle heure ?

Zoe contempla son agenda ouvert devant elle à la page du vendredi, totalement vierge.

— Je devrais pouvoir me libérer vers 15 heures. Rendez-vous au café Joe's.

L'endroit où Wallace était venu s'en prendre à elle. Lui fixer rendez-vous là-bas l'aiderait à chasser les mauvais souvenirs et lui donnerait plus d'assurance.

Gideon ne répondit pas tout de suite.

— J'ai hâte de vous voir, dit-il enfin.

Puis il raccrocha.

Contente d'elle-même, Zoe reposa le combiné. Sa prochaine entrevue avec un membre de la famille Tate se déroulerait cette fois dans des conditions choisies par elle.

***

Lorsque Zoe arriva devant chez elle, quelques heures plus tard, un orage de printemps finissait de gronder en s'éloignant. Elle gagna prudemment le perron de sa maison en tâchant de ne pas glisser à cause de la pluie fine qui continuait de tomber. Justement le jour où elle portait des chaussures neuves et un tailleur de soie !

L'orage ayant obscurci brusquement le ciel, l'éclairage public s'était déclenché de bonne heure, et la lumière du réverbère le plus proche se reflétait dans une grosse flaque qu'elle venait de contourner. Au moment où elle atteignait la dernière marche, une silhouette sortit de la pénombre.

Zoe retint un cri et s'agrippa à la balustrade. Gideon Tate la retint par le bras, lui évitant la chute de justesse.

— Excusez-moi. Je ne voulais pas vous faire peur.

— Que faites-vous ici ? demanda-t-elle en se dégageant. Nous avons rendez-vous vendredi.

— Vous avez proposé vendredi. Je n'ai pas dit que j'étais d'accord.

Il observa tour à tour ses pieds, qu'elle avait mouillés, sa jupe de soie bleue, où s'étalaient des taches d'eau, et s'attarda sur le décolleté en V de son chemisier blanc.

— Je ne suis pas un homme patient.

Son pantalon et son ras du cou noirs se confondaient avec la zone d'ombre où il s'était tenu et la lumière mourante soulignait les méplats de son visage ainsi que sa mâchoire énergique et têtue.

Zoe fut parcourue d'un frisson qu'elle interpréta comme une marque d'agacement.

— Comment avez-vous obtenu mon adresse ? C'est Ray Dobbs qui vous a renseigné ?

— Non. J'ai appelé mon cabinet pour qu'on la cherche. Je suis procureur adjoint à Milwaukee.

Zoe examina la carte professionnelle qu'il exhibait devant elle. Même la photo était réussie.

— Vous abusez de votre position, monsieur Tate.

— Pas du tout. J'agis dans le cadre d'un dossier et j'aurais négligé mon client si j'avais attendu vendredi pour vous voir.

Il sourit.

Zoe se sentait de plus en plus mal à l'aise. De toute évidence, elle l'avait sous-estimé.

— Que voulez-vous ?

— Vous parler. Comme je vous l'ai dit au téléphone.

Il se tourna vers la maison.

— Je vous arrête tout de suite : n'espérez pas entrer chez moi.

Aucun homme n'entrait chez elle. Pas même les quelques spécimens qu'elle avait fréquentés au cours des dernières années. Sa maison était son refuge, l'endroit où elle était en sécurité. Le frère de son mari était bien le dernier qu'elle souhaitait voir chez elle.

— Je n'espérais pas que vous me laisseriez entrer ; vous me connaissez à peine. Installons-nous sous le porche. A moins que nous n'allions au café.

— C'est fermé le soir.

Les yeux de Zoe se posèrent sur la balancelle, sous le porche. Pas question de s'asseoir là, avec lui, dans le jour finissant. Trop d'intimité.

— Vous êtes sûr que ça ne peut pas attendre vendredi ?

— Certain. Vous avez déjà dîné ?

— Pas encore.

— J'ai faim, et je suppose que vous aussi. J'ai remarqué un restaurant, en ville. Si nous allions discuter autour d'un dîner ?

— Pas au Lazy Susan, en tout cas.

Elle avait parlé sans réfléchir. Pourquoi ne s'était-elle pas bornée à dire non ?

— La cuisine n'y est pas bonne ?

Si, mais tout Spruce Lake saurait qu'elle avait dîné avec Gideon Tate avant même qu'elle n'ait fini d'avaler la première bouchée.

— C'est noir de monde, le soir. Il y a un restaurant plus calme en dehors de la ville.

— Allons-y.

Elle voulait avoir affaire à lui le moins possible. Pourtant, il faudrait bien le supporter jusqu'à ce que cette histoire avec Wallace soit terminée. Alors autant en finir le plus rapidement possible.

Gideon était pour elle une distraction malvenue, et elle ne voulait même pas analyser les raisons pour lesquelles il la déconcentrait.

— Vous pouvez me suivre en voiture.

— Je suis venu à pied.

Le ciel s'assombrit davantage tout à coup. L'orage revenait, menaçant.

Gideon restant planté devant elle, Zoe hésita. Sa voiture était petite. S'ils la prenaient pour aller au restaurant, il serait tout près d'elle. Mais la maison de Wallace était loin, et il serait trempé s'il allait chercher sa propre voiture.

Elle joua un instant avec son trousseau de clés tout en examinant le ciel que zébraient déjà quelques éclairs.

— Prenons ma voiture, dit-elle.

Au moment où elle mettait le contact, un véritable déluge s'abattit sur eux. La pluie tambourinait sur le toit, donnant l'impression que l'habitacle, déjà petit, était encore plus étroit. La veste en cuir de son passager embaumait, parfum mêlé d'une odeur propre et fraîche de savon et d'une senteur de pluie. Se surprenant à le humer, Zoe tendit brusquement la main vers le levier de changement de vitesse, touchant au passage la jambe de l'avocat.

Elle se figea un instant, tout comme lui. Puis il déplaça sa jambe et elle passa sa vitesse. La voiture démarra en trombe sur l'asphalte mouillé.

— Conduire par temps d'orage peut être éprouvant pour les nerfs, fit observer Gideon d'un ton neutre.

Tout comme le fait d'être assise dans une petite voiture à côté du frère de son mari…

— J'ai essuyé plus d'un orage, monsieur Tate.

— Vous pourriez m'appeler Gideon. C'est plus sympa que « monsieur Tate ».

— Qui vous dit que j'ai envie d'être sympa ?

Voilà qu'elle jouait les gamines à cran, maintenant. Elle s'éclaircit la gorge.

— Hum. Je veux dire qu'étant donné les circonstances un ton plus formel entre nous me semble tout indiqué.

— Quelles circonstances ?

— La situation concernant votre père.

— Je vous ai déjà dit que cette entrevue n'avait rien à voir avec mon père.

Il regardait droit devant lui, à travers le pare-brise, l'expression indéchiffrable. Comme elle voulait pouvoir le regarder bien en face quand il lui expliquerait le pourquoi de cette rencontre, Zoe ne posa plus de questions et laissa le silence s'installer.

Son passager ne parut pas s'en formaliser. Il semblait aimer le silence.

Enfin, ils arrivèrent au Pasta Bowl, vers lequel ils se dirigèrent en courant sous la pluie. Quand ils eurent commandé leurs plats et que leurs boissons furent arrivées, Zoe passa à l'attaque.

— Alors, monsieur Tate, de quoi s'agit-il ?

Gideon prit le temps de goûter sa bière avant de répondre :

— En tant qu'avocat de Dave Johnson, j'aimerais parler à sa femme, Barb, qui est hébergée dans votre foyer.

# Chapitre 5

— Pardon ? dit Zoe en reposant son thé glacé. Que voulez-vous dire par « en tant qu'avocat de Dave Johnson » ?

— Rien de plus que ce que j'ai dit. J'assure sa défense contre les accusations de violences conjugales formulées à son encontre. C'est pourquoi j'aimerais m'entretenir avec sa femme.

— Vous lui parlerez à l'audience. Que manigance Dave ?

— Mon client se pose exactement la même question à propos de son épouse. Où veut-elle en venir ?

— Elle veut se protéger. Voilà où elle veut en venir. Voilà pourquoi elle est venue se réfugier au foyer.

— Dave prétend qu'il n'a pas levé la main sur elle. Qu'il ne l'a jamais frappée en sept ans de mariage. Je le crois.

— Naturellement. Il va de soi que vous avez parfaitement cerné un individu que vous ne connaissez que depuis hier.

— Je le connais depuis très longtemps, au contraire. C'était le meilleur ami de mon frère.

— Je suis parfaitement au courant.

C'était justement pour cela qu'elle croyait Barb.

— Mais puisque vous ne voyiez jamais votre frère, expliquez-moi comment vous auriez pu connaître si bien Dave.

Se rendant compte qu'elle haussait le ton, Zoe se força à se calmer. Il fallait réfléchir plutôt que réagir. Il n'y avait que trois ou quatre autres couples dans le restaurant, mais elle ne voulait pas attirer leur attention.

— A moins que vous ne vous serviez de ce parfait inconnu pour me punir.

— Un peu de modestie, je vous prie. Il ne s'agit pas de vous.

— Vraiment ? Le fait que vous défendiez le meilleur ami de votre frère accusé de battre sa femme n'est donc qu'une pure coïncidence ?

— Derrick n'a rien à voir là-dedans.

Son regard disait le contraire.

— J'ai vécu dans cette ville jusqu'à l'âge de douze ans, et j'ai bien connu Dave.

— Vous entendez donc fonder votre défense sur la connaissance que vous aviez de lui enfant ?

— Nous nous sommes retrouvés à l'université. C'est là qu'il a rencontré sa future femme, dont j'ai également fait la connaissance à l'époque.

Il se pencha vers elle et son parfum flotta jusqu'à ses narines.

— Avez-vous l'impression que Barb est le genre de femme à être victime de violences ?

— Il n'y a pas de genre en la matière.

Même si elle était bien décidée à ne pas se laisser

intimider par cette immixtion dans son espace vital, elle n'était pas à l'aise de le sentir si près.

Elle ne mentionna pas la surprise qui avait été la sienne lorsque Barb s'était présentée au foyer. Pourtant, la détresse évidente de cette femme parlait pour elle. Sans compter les marques qu'elle avait sur le corps…

— Barb était une fille sûre d'elle, lorsque j'ai fait sa connaissance à l'université. J'ai du mal à croire qu'elle ait changé à ce point.

— Elle est arrivée avec des ecchymoses, en affirmant que c'était l'œuvre de son mari. Je n'ai pas pour habitude de soumettre mes pensionnaires à un interrogatoire. Elles sont déjà suffisamment traumatisées quand elles atterrissent au foyer.

— Vous prenez donc tout ce qu'elles vous disent pour argent comptant ?

— Monsieur Tate, soupira Zoe, lorsqu'une femme en est réduite à se réfugier dans un foyer, elle est généralement déjà passée plusieurs fois par les urgences et son mari a déjà été arrêté à plusieurs reprises pour violences domestiques. Il est évident qu'elle dit la vérité.

— Barb n'a pas montré ses blessures à un médecin. Elle n'a pas appelé la police. Pourquoi l'avez-vous crue ?

— Parce qu'elle est arrivée terrorisée à l'idée que son mari la retrouve. Aux abois, tremblante comme une feuille.

Parce qu'elle avait le comportement typique d'une femme battue.

— Autrement dit, vous ne lui avez posé aucune question ?

— Non. Je n'ai pas estimé cela nécessaire.

Zoe n'avait pas l'habitude de devoir se justifier professionnellement, et elle n'aimait pas ça.

— Des policiers sont venus l'interroger et ont estimé qu'elle disait vrai.

— La police a donc toujours raison ?

— Bien sûr que non ! Mais ma priorité est de prendre en charge les femmes qui ont besoin d'aide. Les interroger passe au second plan.

Il était temps pour elle de reprendre le contrôle de la conversation.

— On voit bien que vous êtes avocat, monsieur Tate. Vous avez l'art de jouer sur les mots.

— C'est l'un de mes nombreux talents.

La serveuse leur apporta leurs plats et Zoe attaqua ses lasagnes aux épinards.

— Je suis surprise que vous défendiez Dave Johnson. En tant que procureur, j'aurais pensé que vous seriez de mon côté dans cette affaire.

— D'habitude, oui. Mais étant donné que je crois en la version de Dave, nous sommes condamnés au désaccord, vous et moi. A part ça, pensez-vous que les Packers ont des chances d'aller en finale ?

— Quoi ? C'est tout ? Vous abandonnez la partie ? Vous n'essayez pas de me faire céder et de vous laisser rencontrer Barb ?

— Est-ce que cela servirait à quelque chose ?

— Non, naturellement.

— Dans ce cas, à quoi bon perdre mon temps ? Je sais reconnaître une cause perdue.

Son regard provoquait en elle des pincements agaçants au niveau de l'estomac.

— Contente de voir que vous avez décidé d'être raisonnable.

— Tout dépend de ce que vous entendez par « raisonnable ». Quelque chose me dit que nous n'avons pas la même définition du mot.

— Sans rire ?

Elle but son thé glacé en se félicitant de ne pas avoir commandé de vin. Elle avait besoin de garder les idées claires pour affronter Gideon.

— Vous savez, nous sommes du même bord, dit-il. Vous voulez que justice soit faite. Moi aussi.

— Nous n'avons pas la même conception de la justice. Je veux que les hommes répondent de leurs actes ; ce n'est pas ce que vous cherchez, apparemment.

— Je suis à fond pour que tout le monde réponde de ses actes.

— Sauf dans le cas de Barb Johnson.

— Vous n'êtes pas suffisamment objective. Le fait que Dave était un ami de Derrick vous influence probablement. Vous n'êtes peut-être pas la personne la mieux placée pour vous occuper de ce couple… Ni peut-être la plus indiquée pour vous occuper d'un foyer.

— Je suis au contraire la personne idéale pour m'occuper d'un foyer. Je sais ce que c'est de se sentir impuissante et de n'avoir plus aucun recours. D'être coupée du monde, seule, et de vivre dans la peur.

Lorsque je parle à ces femmes, elles savent que j'ai vécu la même chose qu'elles.

Elle repoussa son assiette ; elle avait mangé la moitié de ses lasagnes sans même en sentir le goût.

— Ce foyer peut changer la vie de ces personnes.

— Il est certain qu'il a d'ores et déjà changé celle de Dave Johnson.

Gideon Tate avait de la repartie. Il ferait un adversaire redoutable au tribunal. Elle allait devoir préparer Barb à l'affronter.

— Je dirais plutôt que Dave est seul responsable de ce qui lui arrive.

— C'est ce que nous verrons.

Un silence gêné s'installa et Zoe se mit à piquer sa salade.

— Vos sœurs travaillent-elles dans votre foyer ?

— Non. Qu'est-ce qui vous fait penser ça ?

— Vous paraissiez inséparables, lorsque vous étiez petites. Je me souviens vous avoir vues en ville avec votre père, habillées toutes trois à l'identique.

— Comment se fait-il que vous vous rappeliez que j'ai des sœurs ?

— Vous plaisantez ? Vous étiez célèbres à Spruce Lake.

Voilà qui aurait flatté le père de Zoe.

— Nous étions certainement très mignonnes avec nos robes et nos chaussures toutes pareilles, dit-elle en s'efforçant de garder un ton léger.

A huit ans, ses sœurs et elle s'étaient rebellées et

avaient réclamé de porter des vêtements distincts. Leur père avait alors piqué une colère homérique.

— J'avais onze ou douze ans, à l'époque, reprit Gideon. Vous me faisiez l'impression d'être un numéro de cirque. L'une des trois semblait être le chef de la troupe.

— Ce devait être moi, répliqua-t-elle froidement.

Un numéro de cirque… C'était exactement ce qu'avait été leur enfance.

— Ça ne vous plaisait pas d'être des triplées ?

— Si, et aujourd'hui encore. Ce qui me déplaît, c'est d'être considérée comme une curiosité.

— Vous devez avoir l'habitude, depuis le temps. Après avoir attiré l'attention enfant, vous avez continué à l'âge adulte.

Zoe reposa doucement sa fourchette sur le bord de son assiette.

— Faites-vous allusion à la mort de votre frère ?

— Vous voulez dire au meurtre de mon frère ?

— On ne parle pas de meurtre en cas de légitime défense, ce qui était mon cas.

— Il est certain que vous avez su embobiner tout le monde.

— Le jury m'a crue.

— Vous aviez une bonne avocate. Elle a su les manipuler. Vous aussi, d'ailleurs.

*Il pense que j'ai joué la comédie devant le jury ?* Elle s'était présentée au tribunal à la limite de la catalepsie, après neuf mois de prison.

— Vous ne savez absolument rien de moi, monsieur Tate.

— Je sais tout ce que j'ai besoin de savoir.

Mieux valait ne pas chercher à savoir quoi. Cela ne ferait que la mettre hors d'elle. Pourtant, elle se surprit à poser la question.

— Et que savez-vous au juste ?

— Que vous avez tué mon frère et que vous vous en êtes tirée indemne. Voilà qui en dit long sur votre personnalité.

— Je vais vous éclairer encore un peu plus, monsieur Tate. Un des traits de ma personnalité, c'est l'envie de vivre. Si je n'avais pas tué Derrick, c'est lui qui m'aurait tuée.

Lorsque la serveuse arriva avec l'addition, Gideon la lui prit des mains avant même qu'elle la pose sur la table.

— Il n'est pas question que vous payiez mon repas, Gideon.

Voilà maintenant qu'elle l'appelait Gideon ! réalisa-t-elle. Il fallait absolument s'en tenir à des termes professionnels.

— C'est moi qui vous ai invitée.

Il tenait la note de façon qu'elle ne puisse pas la lire.

— Il s'agit d'un repas pour motif professionnel.

Elle sortit une somme suffisante pour couvrir son repas et le pourboire.

Gideon finit par poser l'addition et le montant de son repas.

— Vous ne voulez pas accepter de cadeaux venant de l'ennemi, c'est ça ?

— Pourquoi ? Vous êtes mon ennemi ?

— A votre avis ?

— Je pense que les avocats qui acceptent des dossiers pour motifs personnels ne sont pas de bons avocats.

— Vous faites allusion au fait que vous avez tué mon frère ?

— Je croyais que nous parlions de Dave et Barb Johnson.

Leurs regards se croisèrent.

— Vous avez de l'esprit et de la repartie, murmura Gideon.

Il avait des prunelles brun doré. Se rendant compte qu'elle le dévisageait, Zoe se sentit rougir.

— Ce n'est pas par la flatterie que vous arriverez à vos fins.

— Quelles sont-elles, selon vous ?

— Je ne vous laisserai pas rencontrer Barb.

— Je devrai donc trouver un autre moyen de contourner vos défenses.

Comme le regard de Gideon s'attardait sur ses lèvres, elle eut de nouveau cette sensation bizarre au niveau de l'estomac.

Est-ce qu'il flirtait ? Est-ce qu'elle réagissait à son manège ? Où avait-elle la tête ? Cet homme était le frère de Derrick ! Un Tate ! Elle recula sa chaise.

— Nous en avons terminé. Allons-y.

Elle sortit à grands pas, suivie de Gideon. Ni l'un

ni l'autre ne prononça un mot durant le trajet de retour. L'orage était passé, mais il bruinait encore.

— Où voulez-vous que je vous dépose ?

— Où vous voudrez.

— Je ne vais pas vous obliger à marcher sous la pluie.

Ce n'était pourtant pas l'envie qui lui manquait de le débarquer sur-le-champ tant elle avait hâte de se soustraire à sa présence. A sa chaleur, qui envahissait l'habitacle. A son parfum, qui lui semblait déjà familier.

— C'est très délicat de votre part.

Il parlait à voix basse, sur le ton de la confidence, de la séduction.

*Ça suffit !*

— N'avez-vous pas dit que séjourniez chez votre père ?

— En effet.

Il avait repris un ton froid et distant. Du coin de l'œil, Zoe vit qu'il pinçait les lèvres et regardait droit devant lui.

Quelques instants plus tard, elle s'engagea dans l'allée menant à la maison de Wallace. Aucune lumière ne brillait et les rideaux du rez-de-chaussée étaient tirés. Devant la maison, les arbustes non taillés retombaient sur l'allée, obstruant en partie l'accès à la porte. Comme elle s'arrêtait, des branches griffèrent la carrosserie.

— Cette allée est étroite.

— Les chemins étroits ne me gênent pas. Même les épines ne me gênent pas.

Il la caressa du regard.

— D'ailleurs, les épines cachent souvent un cœur tendre.

— Ça m'étonnerait qu'il y ait quoi que ce soit de tendre au cœur de ces buissons.

— Qui sait ?

Les ondes qui vibraient dans la voiture étaient vraiment dérangeantes.

— Je ne vous ai pas demandé de nouvelles de votre père, dit Zoe pour les chasser.

— Il va mieux. Hier, les médecins ont injecté un médicament dans le vaisseau obstrué par le caillot qui a provoqué l'embolie et, ce matin, il a pu bouger un peu le bras et la jambe gauches. Il ne parle pas encore très bien, mais j'ai pu comprendre quelques mots.

— Tant mieux.

— Pourquoi dites-vous cela ? J'ai cru comprendre qu'il vous persécute depuis longtemps.

— Je n'ai pas envie pour autant de le voir handicapé. Je veux simplement qu'il me fiche la paix. Je ne souhaite à personne d'avoir une embolie.

— Dommage que nous ne soyons pas du même bord, murmura Gideon.

— Et pourquoi donc ?

— Parce que vous êtes une femme intéressante. Qui se contrôle beaucoup. Je me demande ce que cache cette façade froide et professionnelle.

— Rien de très différent.

— Vraiment ?

Une lueur passa dans l'ambre de ses yeux.

— Ce serait peut-être amusant de le vérifier…

Sans attendre de réponse, il descendit de la voiture et se fraya un chemin à travers les buissons, au mépris des épines.

le lendemain, lorsqu'elle descendit prendre le petit déjeuner avec ses sœurs, Zoe ne s'en était toujours pas remise. Le carton plein de photos qu'elles étaient censées trier traînait sur la table.

— Il a osé flirter avec moi quand je l'ai déposé chez lui ! Comme si on sortait ensemble ou quelque chose dans le genre.

— Tu lui as envoyé ton poing dans la figure, j'espère ! s'exclama Bree.

Zoe ne put s'empêcher de rire.

— Je dirige un foyer pour femmes battues, voyons. Je viens en aide aux victimes de la violence, je ne frappe pas les gens.

— Et toi, tu as flirté aussi ? s'enquit Fiona d'un air méfiant.

— Tu me prends pour une folle ? Bien sûr que non !

Le souvenir de la manière dont elle avait réagi l'emplissait néanmoins de révolte et de honte.

— J'espère bien, reprit Fiona. Bree, garde-la à l'œil pendant que je serai à New York. Surveille aussi ce type.

— Elle ne m'écoute jamais. Si tu veux la sauver d'elle-même, tu n'as qu'à rester.

— Euh… je vous rappelle que je suis là, intervint

Zoe. Et je n'ai pas besoin qu'on vole à mon secours. Vous me croyez vraiment capable d'avoir une histoire avec un membre de la famille Tate ?

— On sait ce que c'est, répliqua Bree. Ça commence par un petit flirt. Il est beau gosse, sexy, tu sens que le courant passe mais tu ne veux pas en entendre parler. Tu te crois à l'abri. Et en un rien de temps tu te retrouves en train de l'embrasser et de te faire peloter.

Comment Bree savait-elle que Gideon était beau gosse et sexy ?

— Gideon Tate ne me pelote pas, et je n'ai pas la moindre envie de l'embrasser !

N'empêche que cette idée ne manquait pas d'attrait.

— Façon de parler, dit Bree. Fais attention à toi, Zoe.

— Ne t'inquiète pas. Je suis vaccinée contre les Tate.

Bien décidée à détourner la conversation, Zoe prit quelques photos.

— En voici une de nous avec maman.

Sur le cliché, leur mère souriait et les entourait de ses bras. Elles avaient huit ans. Fiona portait des boots de cow-boy rouges et une robe à rayures bleues et vertes, Bree arborait une de ses tenues de danse. Zoe, en jean et T-shirt, tenait la main de Fiona. Leur mère les appelait toujours ses deux inséparables.

— Je me souviens de ces boots, Fiona, dit Bree. Tu ne les as pas quittées pendant plusieurs mois.

Après avoir longuement observé la photo, Fiona la reposa à l'envers sur la table.

— Papa les a jetées à la poubelle. Il disait qu'elles étaient trop petites.

Une heure plus tard, elles avaient trié presque toutes les photos, en éliminant celles des personnes qu'elles ne reconnaissaient pas. Zoe ouvrit la dernière pochette. Elle contenait des clichés fanés et abîmés.

— Regardez-moi ça…

On y voyait trois nouveau-nés dormant dans le même berceau. Combien de fois ne leur avait-on pas raconté l'histoire de ce berceau, le seul que leurs parents avaient eu les moyens de s'offrir au début, et dans lequel elles avaient dormi à trois ?

Zoe portait un pyjama bleu, Bree un vert et Fiona un jaune. Leurs membres étaient emmêlés et, sans ces pyjamas de couleurs différentes, il aurait été difficile de dire à laquelle appartenait tel bras, telle jambe. La gorge serrée, Zoe se rappela combien elles avaient été proches durant l'enfance. Comme les parties d'un tout…

A présent, elles étaient revenues dans la maison de leur enfance, mais le lien s'était rompu.

Elles étaient trois individus partageant une trêve difficile.

— Heureusement qu'ils ne m'ont pas mise en rose, marmonna Zoe en tendant le cliché à ses sœurs.

Fiona regarda les photos pendant quelques minutes avant de les passer à Bree et se leva brusquement.

— Il faut que je réserve un taxi. Je pars pour New York ce soir.

— Je croyais que tu ne partais que dans quelques jours, s'étonna Bree.

— Il y a du changement.

— Je te conduis à l'aéroport, proposa Zoe.

— On y va toutes, renchérit Bree.

— Merci, mais je dois travailler pendant le trajet. Un taxi sera plus commode.

— Tu pourras travailler dans ma voiture. Comme ça, on passera un petit moment ensemble.

— Cesse de vouloir toujours organiser les choses à notre place ! Je vais prendre une limousine. Je n'en peux plus d'être ensemble, tu piges ? J'ai besoin d'air.

Fiona quitta la cuisine en courant et monta bruyamment l'escalier tandis que Zoe et Bree, figées sur leurs chaises, l'écoutaient battre en retraite.

La porte de sa chambre se referma avec un claquement sonore et irrévocable.

# Chapitre 6

le lendemain après-midi, en arrivant dans la chambre de son père à l'hôpital, Gideon trouva Wallace assis sur une chaise. La jeune femme qui lui tenait le bras leva les yeux vers lui.

— Bonjour ! Vous êtes un parent de Wallace ?

— Je suis Gideon Tate, son fils.

Bien qu'il ait eu souvent l'occasion de se présenter comme le fils de Wallace au cours des derniers jours, cette formule sonnait toujours aussi bizarrement à ses oreilles.

Wallace dut percevoir sa gêne car il le fusilla du regard. Puis il dégagea son bras mais, comme il commençait à pencher dangereusement sur le côté, la jeune femme vint à sa rescousse.

Gideon eut pitié de son père. Orgueilleux comme il l'était, ce devait être terrible pour lui d'être dépendant des autres.

— Bonjour, papa, dit-il de sa voix la plus enjouée. Te voilà sorti du lit. C'est super ! Le Dr Trenton m'a dit hier que l'opération apporterait un progrès.

La jeune femme se présenta à son tour.

— Chris. Je suis kiné. Je vais venir voir votre

père deux fois par jour. Pour le moment, nous nous entraînons à nous asseoir. N'est-ce pas, Wallace ?

— *Je* m'entraîne, parvint à rectifier l'intéressé.

Gideon échangea un sourire avec la kiné.

— On dirait que mon père n'aime guère le pluriel de majesté. Je vous préviens tout de suite, ce ne sera pas un patient facile.

Wallace voulut répliquer mais ne put émettre que des borborygmes. Gideon comprit néanmoins le message : son père préférait qu'il débarrasse le plancher.

Tant mieux, car il ne demandait pas mieux. Il aurait de loin préféré être à Milwaukee, en train de travailler, de vivre sa vie.

— J'ai déjà eu des patients difficiles, assura Chris. Nous allons très bien nous entendre, votre père et moi. Ce qu'il veut, c'est retrouver son autonomie, n'est-ce pas, Wallace ?

En guise de réponde, l'intéressé regarda tour à tour la kiné et Gideon, qui devina sans peine sa colère et sa peur. Sans réfléchir, il lui prit la main, celle qui n'avait pas été affectée par l'embolie. Les doigts de son père se refermèrent sur les siens.

Gideon contempla leurs mains jointes. Il n'avait pas eu de contact physique avec son père pendant des années et voilà qu'en l'espace de deux jours il lui avait pris la main à deux reprises sans que le vieil homme ne l'en empêche.

Il devait s'attendrir avec l'âge…

Gideon relâcha la main de son père et lui tapota le genou.

— Bon, je vais te laisser à ta rééducation, papa. Je ne voudrais pas vous déranger. Je repasserai dans l'après-midi.

Il observa un instant son père depuis le seuil de la chambre. Comment communiquer avec lui ? Comment l'aider ? Sa présence était-elle une bénéfique, ou ne faisait-elle que rendre les choses plus difficiles encore ?

Qu'importe. Il était à Spruce Lake par devoir et entendait bien y rester.

Installé dans un fauteuil atrocement mal conçu, dans la petite salle située au bout du couloir, Gideon essayait de se concentrer sur le journal et de trouver une position confortable. Il avait l'impression d'attendre le médecin depuis des heures. Tout était d'une lenteur exaspérante, à l'hôpital.

Apercevant Zoe McInnes du coin de l'œil, il abaissa son journal. Elle passait dans le couloir, vêtue comme la veille d'un tailleur sexy. Celui-ci était vert bouteille et elle portait des hauts talons qui lui faisaient des jambes interminables.

De là où il était, Gideon ne voyait que son dos bien droit, son postérieur, sa noire chevelure… et ses jambes. Comment avait-il fait pour la reconnaître si vite de dos ?

Ce détail le troubla. S'il avait flirté avec elle, c'était juste pour la pousser un peu dans ses retranchements, tester sa réaction, voir à qui il avait affaire.

Il n'était évidemment pas question pour lui de flirter sérieusement avec Zoe McInnes.

Il cherchait à la punir, pas à se rapprocher d'elle. Elle devait payer pour ce qu'elle avait fait à son frère et à son père.

Quelques instants plus tard, comme il allait demander aux infirmières si elles n'avaient pas vu le Dr Trenton, il aperçut de nouveau Zoe, par la porte entrouverte d'une chambre. Elle était assise près d'une patiente dont elle tapotait la main — main qui dépassait d'un plâtre. Un officier de police en uniforme, assis de l'autre côté du lit, prenait des notes sur un calepin.

Gideon ralentit le pas puis s'arrêta. Que faisait-elle ? Il la vit écarter des cheveux du visage de la patiente et sourire. La malade parut se détendre et dit quelque chose à l'intention du policier.

Levant alors les yeux, Zoe l'aperçut. D'abord elle se figea, puis rosit, avant de se tourner de nouveau vers la femme alitée. Gideon l'observa un long moment, puis alla au bureau des infirmières.

Avec un sourire poli, il demanda quand le docteur serait de retour. Toutefois, il avait beau se dire qu'il devait ne penser qu'à son père, il revoyait sans cesse le visage de Zoe, avec son regard fixe et froid et ses joues roses.

Quand il regagna la salle d'attente, Zoe était toujours dans la chambre de la patiente. Il se réinstalla avec son journal mais, à la seconde où elle quitta la chambre, il le sentit. En passant dans le couloir, elle ralentit en voyant qu'il la regardait.

— Bonjour, Gideon. Comment va votre père, ce matin ?

Elle était polie et maîtresse d'elle-même, mais elle l'avait appelé par son prénom.

— Mieux. Voulez-vous vous asseoir ?

Comme elle hésitait, il se surprit à insister.

— Je ne mords pas, vous savez. Du moins jamais en public.

— Vraiment ? fit-elle en s'asseyant. Ce n'est pas grave, de toute manière, car je sais mordre moi aussi, quand on m'attaque.

— Je tâcherai de ne pas l'oublier. Que faites-vous ici ?

— Une de mes pensionnaires, croyant que son mari s'était amendé, est retournée vivre avec lui. Il l'a envoyée à l'hôpital. Cette fois, elle porte plainte. Je suis venue lui tenir la main pendant qu'un policier prenait sa déposition.

— Vous la lui teniez au sens propre.

— Il faut ce qu'il faut pour protéger ces femmes.

— Tout comme vous protégez Barb de Dave.

— Exactement.

— Inventez-vous une version officielle avec toutes ?

— Je n'ai rien inventé concernant Barb. Et je n'ai pas à écrire les histoires de ces femmes à leur place. Les leurs sont déjà très chargées.

— Barb a-t-elle vu un avocat ?

— Une avocate est venue la voir hier.

— Quelqu'un du coin ?

— Non. Une avocate de Green Bay. Je ne la connais pas.

— N'y aurait-il pas de bons avocats à Spruce Lake ?

— Bien sûr que si.

Gideon s'était rapproché de Zoe, envahissant délibérément son espace vital. Pour les besoins de sa profession, il avait mis au point un certain nombre de tactiques qui avaient fait leurs preuves, aussi bien au tribunal que dans la vie courante.

Elle croisa les jambes et lissa sa jupe, signe qu'elle avait remarqué son manège.

— Certaines personnes sont plus à l'aise avec un avocat qu'elles ne connaissent pas. C'est le cas de Barb, j'imagine.

— Je veux connaître le nom de son avocate.

— Je vous le communiquerai ultérieurement. Je n'ai pas ses coordonnées sur moi.

Elle appuya ses dires d'un regard sous-entendant qu'elle les lui transmettrait le plus tard possible.

— Pourquoi Dobbs vous a-t-il arrêtée le jour où mon père a eu son attaque ?

Elle parut surprise, comme si l'apparition de Dobbs dans la conversation la prenait au dépourvu. Puis elle haussa les épaules.

— C'est une épreuve de force, c'est tout.

— Une épreuve de force ? Dans quel but ?

— Dobbs doit bientôt prendre sa retraite de la police et brigue un poste d'agent de sécurité à l'université. Il pense que Wallace peut le lui obtenir. Il fait donc du zèle dans ce sens.

— Il ne peut tout de même pas aller jusqu'à arrêter quelqu'un à la légère.

— Il prétend que j'ai poussé votre père.

— C'est vrai ?

— Bien sûr que non. Ce n'est pourtant pas l'envie qui me manquait, mais je ne m'en prends pas à des vieillards.

— Dobbs a donc tout inventé ?

Elle rajusta sa jupe.

— Votre père agitait son doigt sous mon nez. Cela m'a… agacée. J'ai repoussé sa main.

— Et vous l'avez fait tomber par la même occasion ?

— Je n'ai rien fait pour provoquer l'attaque de votre père, Gideon. Cette attaque est la seule cause de sa chute.

— Ce n'est apparemment pas l'avis de la police.

— Aucun policier ne me croit coupable, pas même Dobbs. Mais il ne pouvait pas laisser passer une telle occasion de me harceler. De me remettre en cellule.

Le visage tendu, elle se leva.

Gideon ne voulait pas qu'elle s'en aille. Tout simplement parce qu'il voulait découvrir toute la vérité ; il ne pouvait y avoir d'autre explication.

— Vous n'êtes pas allée en prison pour le meurtre de mon frère.

— J'ai passé neuf mois derrière les barreaux avant le procès. Wallace et son avocat ont convaincu le juge que je risquais de prendre la fuite et m'ont fait refuser la libération sous caution.

Voilà un détail que Gideon ignorait. Les femmes victimes de violences conjugales se voyaient rarement refuser cela.

— Si j'ai bien compris, Dobbs vous en veut personnellement.

— Il est rancunier et m'en a toujours voulu. Il estime que j'ai commis un meurtre resté impuni. Tout comme vous.

Elle n'était pas facile à déstabiliser. Gideon devait trouver la faille dans ses défenses, la faire sortir de ses gonds. Alors peut-être découvrirait-il la vraie Zoe McInnes, la femme qui avait tué son frère.

Il n'eut pas l'occasion de lui poser d'autres questions car le Dr Trenton fit son entrée dans la salle d'attente.

— Bonjour, Zoe. Bonjour, monsieur Tate.

Le médecin parut étonné de les voir converser ensemble.

— Je viens de voir votre père. Il semble aller mieux, ce matin. L'injection paraît avoir eu un effet bénéfique sur le caillot.

— J'ai été étonné de le voir assis.

— Il lui reste un long chemin à parcourir. Nous allons le garder encore quelques jours en observation, mais il devra aller dans un centre de rééducation. Je peux vous en recommander certains à Green Bay. En tout cas, je peux vous dire qu'il retrouvera pratiquement toutes ses capacités. C'est juste une question de temps.

— Merci, docteur, dit Gideon en serrant la main du praticien. Je suis heureux de l'apprendre.

Avec un dernier regard surpris à l'intention de Zoe, le docteur quitta la pièce.

Zoe se leva.

— Je crois que je ferais bien d'y aller.

— Pourquoi ?

— Luke Trenton est un excellent médecin et une redoutable commère. Si je reste plus longtemps, tout l'hôpital va défiler pour me voir en compagnie du frère de Derrick.

— Et alors ?

Ses doigts se crispèrent sur la lanière de son sac.

— On voit que vous n'avez jamais eu à affronter les regards curieux dans la rue. Pour ma part, j'ai déjà donné et je n'en redemande pas. Au revoir, Gideon.

Il observa le balancement de ses hanches sous sa jupe verte tandis qu'elle s'éloignait. Elle ne l'appelait plus « monsieur Tate », c'était déjà ça. S'il voulait qu'elle baisse sa garde, il fallait qu'elle se sente suffisamment à l'aise avec lui pour l'appeler par son prénom.

Songeant à ce qu'il venait d'apprendre, il la suivit des yeux jusqu'à ce qu'elle disparaisse à l'angle du couloir. Le chef de la police avait donc une dent contre elle… Il connaissait beaucoup de policiers, de bons professionnels pour la plupart. Dobbs avait sûrement une bonne raison d'en vouloir à Zoe.

Peut-être était-il temps d'avoir une petite conversation avec lui.

***

— l'inspecteur principal Dobbs est-il là ? demanda Gideon à l'accueil du poste de police.

— Je vais me renseigner. Quel est votre nom ?

— Gideon Tate. Je suis le fils de Wallace.

L'hôtesse d'accueil décrocha le téléphone. Après une brève conversation, elle fit un signe de tête affirmatif à l'intention de Gideon.

— Son bureau est par là. Au bout du couloir.

Lorsque Gideon entra dans le bureau de Ray Dobbs, celui-ci était confortablement installé dans son fauteuil. Il se leva pour lui serrer la main par-dessus le bureau.

— Content de vous voir, Gideon. Comment va votre père ?

— Mieux. Le médecin est optimiste.

— Tant mieux. C'est une bonne nouvelle.

Il lui fit signe de prendre un siège et se rassit.

— Alors, que puis-je pour vous ?

— J'aimerais vous entretenir de Zoe McInnes.

Dobbs perdit instantanément le sourire.

— Je m'occupe de son cas. J'ai demandé au procureur adjoint de l'accuser de voie de fait. Elle a poussé votre père, vous savez.

— Le procureur est d'accord sur le principe alors que mon père a eu une attaque ?

— Il n'a pas encore signé le mandat, mais il va le faire. Il me doit un service.

— Zoe a l'air de dire que vous lui en voulez personnellement.

Le policier changea brusquement de ton.

— Elle a commis un meurtre et a été acquittée.

Vous ne trouvez pas normal que je lui en veuille ? Ne me dites pas que vous êtes de son côté ! Je croyais que vous lui en vouliez vous aussi, comme votre père.

— Je ne suis pas mon père. J'aimerais avoir plus de détails. Quels faits ont été passés sous silence lors de son procès ?

— Aucun, à ma connaissance. D'ailleurs peu importe. J'avais plus qu'assez de preuves contre elle. Elle a tiré une balle dans le cœur de votre frère avec son arme à lui. Elle n'a jamais nié.

— Et Wallace ?

— Elle l'a poussé. Voie de fait.

— Elle prétend avoir juste repoussé sa main qu'il agitait sous son nez. Avez-vous interrogé les témoins, au café ?

— Vous êtes bel et bien de son côté ! Et vous comptez m'expliquer comment je dois faire mon travail ?

— Non, je vous demande si vous l'avez fait. Parce que, si elle est effectivement responsable de l'attaque de mon père, je n'ai pas envie qu'elle passe une fois encore entre les mailles du filet.

Dobbs l'observa un long moment, le visage dur. Ce n'était pas un ennemi à sous-estimer, songea Gideon.

— Vous êtes un sacré salaud, vous. Wallace m'a dit qu'il vous avait renié, mais je comprends pourquoi, maintenant.

Gideon se leva.

— Je cherche simplement à recueillir des éléments.

Je veux que le dossier à charge contre elle soit blindé, cette fois.

— Je n'ai pas besoin qu'un mariolle comme vous vienne m'apprendre mon métier.

— En êtes-vous si sûr ?

Gideon soutint le regard du policier et eut la satisfaction de le voir détourner les yeux le premier.

— J'ai autant envie que vous de la voir payer pour ce qu'elle a fait. Mais si vous l'accusez sans avoir de preuves suffisantes, vous vous mettrez dans une position délicate, vous et mon père. Or, mon père ne fait pas ami-ami avec des gens qui le mettent en mauvaise posture.

Il quitta le bureau sans même attendre de réponse.

Zoe était au téléphone avec Helen Cherney. Elle parlait de la nouvelle pensionnaire que Jamie Evans lui avait amenée la veille quand la sonnette du foyer retentit. Par la fenêtre, elle aperçut un véhicule de la police de Spruce Lake.

— Je vais devoir te laisser, Helen. La police est là. Si c'est Jamie, je lui fais tes amitiés !

Sur cette facétie, elle raccrocha en riant, laissant son avocate, d'ordinaire si comme il faut, l'injurier au bout du fil.

Elle perdit son sourire en apercevant Ray Dobbs sous le porche.

— Que puis-je pour vous, inspecteur Dobbs ?

— Tu te crois maligne, hein ? Tu m'envoies le fils de Wallace pour me soutirer des informations. Pour m'intimider.

Il la toisait d'un regard froid et sans pitié. Un regard de flic.

Or, Zoe n'avait jamais considéré Dobbs comme un vrai flic. C'était plutôt une caricature, une grande gueule que son allégeance à Wallace faisait ressembler à un toutou docile, ou à un laquais.

Tandis qu'elle le dévisageait, elle se sentit de plus en plus mal à l'aise. Dobbs avait l'air menaçant et haineux.

Comme un rottweiler sur le point de mordre.

— Je ne sais absolument pas de quoi vous parlez.

— Vraiment ? Tu n'as pas demandé à Tate de venir se renseigner pour savoir quelles preuves j'avais contre toi, peut-être ? Il en a eu l'idée tout seul ?

— Je le connais à peine.

— Vous aviez pourtant l'air de bien vous entendre, l'autre soir, lors de votre petit dîner.

Etonnée qu'il soit au courant, Zoe prit peur.

— Vous m'espionnez, maintenant ?

— Je garde les éléments perturbateurs à l'œil.

Il sourit et toute ressemblance avec un laquais disparut. Ce n'était plus qu'une brute sûre de son pouvoir.

— Au cas où ils causeraient des problèmes, ajouta-t-il. Et, justement, tu nous causes des problèmes, Zoe. Je vais vraiment vous tenir à l'œil, toi, tes sœurs et le mioche. J'ai l'impression qu'ils font une fameuse bande de fauteurs de troubles.

Sur ces mots, Dobbs regagna son véhicule sans se retourner. Zoe le regarda s'éloigner en frissonnant.

# Chapitre 7

Il y avait peu de temps encore, l'épicerie n'était pas aussi bondée le vendredi soir. Mais depuis qu'elle se modernisait et vendait des plats cuisinés, elle attirait davantage de monde. Tout en manœuvrant son Caddie le long du rayon traiteur pour rejoindre le coin des fruits et légumes, Zoe rencontra pas moins de deux femmes qui travaillaient comme bénévoles au foyer.

Elle était venue faire ses courses afin de préparer un repas avec Bree et Charlie, comme une famille normale. Au cours de ce moment d'activité partagée, peut-être sa sœur et elle parviendraient-elles à avoir une vraie conversation, qui ne se terminerait pas en querelle.

Elle choisit une salade, des tomates et une botte de carottes. Quoi que Bree et Charlie décident de prendre au rayon viande, une salade composée irait bien avec. Tout en inspectant les poivrons verts, elle leva les yeux vers le rayon boulangerie.

Elle se figea aussitôt. Gideon Tate, poussant un Caddie, examinait l'étalage de pains. Aussitôt, la colère qui bouillait en elle depuis que Dobbs lui avait rendu visite enfla.

Quand elle se fut enfin frayé un chemin entre les clients pour atteindre Gideon, il avait disparu. Elle le retrouva finalement au rayon fromages.

Elle allait le rejoindre quand Bree arriva devant son Caddie et y déposa un poulet prêt à cuire.

— Voilà exactement ce qu'il nous faut ! s'exclama-t-elle, satisfaite. J'ai une recette de poulet rôti géniale.

— Pousse-toi, Bree, il faut que je le rattrape.

— Qui ?

— Gideon Tate.

— Pourquoi ?

— Je t'expliquerai plus tard.

Zoe contourna sa sœur, mais Gideon avait de nouveau disparu.

— Je l'ai manqué à cause de toi !

— Mais qu'est-ce qui t'arrive ? Pourquoi tiens-tu tant à le rattraper ?

— C'est Dobbs. Il est venu me voir cet après-midi et m'a menacée. Il nous a menacés tous les quatre.

— Quel est le rapport avec Gideon Tate ?

— C'est Gideon qui l'a provoqué. Je ne sais pas ce qu'il lui a dit, mais Dobbs était fou de rage !

Comme elle haussait le ton, Bree la rappela à l'ordre.

— Du calme, Zoe. Pas de scène, je t'en prie. Tout le monde nous regarde.

Bree avait trouvé l'argument imparable pour la calmer instantanément. Après une enfance passée à endurer les scènes que leur père faisait en public, les trois sœurs avaient une sainte horreur des situations où les gens se retournaient sur elles.

— Je vais aller le trouver et lui dire deux mots. Va chercher Charlie, que nous puissions partir d'ici, dit Zoe à mi-voix.

— Il parle avec des copains de son collège… Tiens, le voilà.

Charlie apparut, les mains enfoncées dans les poches de son jean baggy. Un garçon et une fille le regardaient de loin, au rayon boucherie. Un homme blond et grand se tenait près d'eux et parlait au vendeur.

— M'man, je peux aller chez Logan et Lindy ?

— Je ne connais pas leurs parents, répondit Bree. J'aimerais d'abord faire leur connaissance.

— C'est leur père, là-bas, intervint Zoe. Il s'appelle Jackson Grant. Tu ne dois pas te souvenir de lui… Il avait trois classes d'avance sur nous.

Elle aurait dû se féliciter de cette diversion qui l'obligeait à se calmer, mais elle n'avait pas envie de se calmer. La seule chose qui la calmerait serait de se défouler sur Gideon.

— Ah bon ? fit Bree, hésitante. C'est un parent responsable ?

— C'est le vétérinaire de Spruce Lake. Il paraît qu'il a obtenu la garde de ses enfants ; ils doivent avoir à peu près l'âge de Charlie.

— Ils ne seraient pas jumeaux, par hasard ?

— Si. D'où vient cet air rêveur ? Des enfants ou de leur père ?

— Il n'est pas du tout mon genre. Mais ses enfants, en revanche, ont l'air bien dans leurs baskets.

*Contrairement à Fiona et nous au même âge.*

Cela, Bree n'avait pas eu besoin de le préciser pour que Zoe y pense.

— Les petits veinards ! répliqua-t-elle d'un ton léger.

Comme le vétérinaire s'approchait, elle le salua.

— Bonjour, Jackson. Comment ça va, les enfants ?

— Ça va, firent les jumeaux en haussant les épaules.

— Vous n'avez rien oublié ? leur demanda leur père.

— Ça va, mademoiselle McInnes, corrigea sa fille.

Bree s'adressa alors au vétérinaire avec un sourire réservé et lui tendit la main.

— Bree McInnes. Je suis la mère de Charlie.

— Jackson Grant. Nous organisons une soirée pizza et cinéma à la maison. Verriez-vous un inconvénient à ce que Charlie se joigne à nous ?

Bree consulta du regard Zoe, qui lui donna son aval d'un discret hochement de tête. D'après ce qu'elle savait de Jackson, c'était un bon père. Il saurait encadrer les enfants.

Pendant que Bree s'entretenait avec lui, Zoe survola le magasin du regard, toujours à la recherche de Gideon. Il avait dû terminer ses courses. Elle jeta un coup d'œil à son neveu qui bavardait avec les enfants du vétérinaire et sa colère redoubla : dire que Dobbs avait osé menacer Charlie !

Et c'était Gideon qui l'y avait poussé !

— Je vais payer, annonça-t-elle en se dirigeant vers la caisse.

Bree la rejoignit alors qu'elle vidait énergiquement le contenu de son Caddie sur le tapis roulant.

— Du calme, Zoe.

— Je veux voir Gideon sans attendre et mettre les choses au point. Je pourrai peut-être le rattraper sur le parking.

— Zoe ! J'ai du mal à y croire. Tu en pinces pour lui.

— Pour Gideon Tate ?

Ce nom provoqua une sensation bizarre au creux de son estomac. La colère, à n'en pas douter.

— C'est bien la chose la plus ridicule que j'aie jamais entendue !

— Vraiment ?

Bree rattrapa un poivron vert que Zoe avait littéralement lancé sur le tapis roulant.

— Pour un homme qui ne t'intéresse pas, je trouve qu'il te passionne énormément.

— Ce n'est pas de la passion mais de la hargne.

— Ah oui ? Les deux se ressemblent beaucoup, en tout cas.

Zoe remarqua l'air amusé du couple qui faisait la queue derrière elles.

— Sortons d'ici, chuchota-t-elle à sa sœur.

Sur le parking, pas la moindre trace de Gideon. Zoe chargeait les provisions dans le coffre quand elle s'aperçut que Charlie avait disparu.

— Je l'ai autorisé à dîner avec les jumeaux et leur père, expliqua Bree. Apparemment, ce sont des gens bien ; je ne vois pas pourquoi j'aurais dit non. Charlie a besoin de se faire des amis.

Tout à sa colère et à sa hâte de rattraper Gideon, Zoe n'avait pas suivi la conversation de Bree avec Jackson Grant.

— Que penses-tu de notre vétérinaire ? D'aucuns le trouvent très beau mec.

— Il est sûrement très bien, mais très peu pour moi. Je ne ressens pas d'étincelle, si tu vois ce que je veux dire. De toute manière, les hommes ne m'intéressent pas. Et toi ? Tu n'as pas des vues sur lui, puisque c'est une si belle prise ?

— Jackson et moi ?

Zoe voulut se remémorer le visage du vétérinaire, mais c'est celui de Gideon qui s'imposa à son esprit.

— Je pense comme toi. Pas d'étincelle.

Avec Gideon, en revanche, c'était un vrai feu d'artifice. Mais peut-être, avec beaucoup d'efforts, parviendrait-elle à se convaincre du contraire.

— Tu te gardes pour Tate ? la titilla Bree.

— Non !

Sa véhémence même ne la trahissait-elle pas ?

— Dans ce cas, nous garderons le séduisant vétérinaire pour Fiona, conclut Bree.

— Tu n'es pas sérieuse depuis le début ! Tu vois Fiona et Jackson Grant ensemble ? Notre nomade et cyclothymique sœur avec un homme stable, calme et casanier ?

— C'est vrai qu'il a l'air stable. Fiona a besoin

d'un homme stable. Quant à moi, c'est le contraire : il me faudrait un peu de fantaisie.

— Je te tiens au courant dès que j'en aperçois un qui correspond à cette description.

— Ne te fatigue pas. J'en ai assez des hommes. Je me contenterai de caser mes sœurs.

— Jackson et Fiona ne feraient pas une combinaison gagnante.

— Et Gideon Tate et toi ? Je vois bien ton air, et je parie qu'il a le même.

Bree n'avait plus du tout l'air de plaisanter.

— Je sais quand un homme et une femme s'intéressent l'un à l'autre. Disons que je suis experte en la matière.

— Arrête, Bree ! Cesse de t'en vouloir à cause de ton épisode strip-tease. C'est du passé.

— Ne sois pas naïve. Tu sais bien que non.

— Es-tu allée au lycée pour te renseigner sur ce poste de remplaçante ? Bonnie est en congé pour un moment.

— Pas encore.

— Tu devrais le faire avant qu'ils ne trouvent quelqu'un d'autre.

— J'irai quand je serai prête ! rétorqua Bree.

— Tu n'as plus de couverture sociale.

— Tu crois que je l'ai oublié ? Cesse de me dire ce que je dois faire ! Je peux m'occuper de moi toute seule. Et aussi de Charlie. Toi, occupe-toi de tes oignons. Et de ce qui se passe entre Gideon Tate et toi.

Elles étaient arrivées devant la maison de leur père.

Zoe prit les provisions, les fourra dans les bras de sa sœur et claqua le coffre de la voiture.

— C'est exactement ce que je vais faire. Je vais même m'occuper de Gideon Tate tout de suite, dit-elle en remontant en voiture.

Hantée par des visions de Dobbs molestant Charlie, Zoe traversa la ville sur laquelle descendait le crépuscule. Quand elle arriva devant le domicile de Wallace Tate, sa hargne était à son comble. Monter Dobbs contre elle était une chose ; le pousser à s'en prendre à ses sœurs et à son neveu en était une autre.

Aucune lumière n'était apparemment allumée à l'intérieur. Seule une faible lueur venant de l'arrière de la maison filtrait à travers les vitres sombres. Gideon était-il seulement rentré ?

Oui, car sa voiture était là, garée en force au milieu des genévriers. Zoe claqua sa portière et se dirigea à grands pas vers la porte.

La sonnette retentit bruyamment sans qu'aucun signe de vie ne soit perceptible à l'intérieur. Peut-être s'était-il absenté, après tout. Elle allait abandonner quand un bruit de pas lui parvint.

Gideon ouvrit la porte, seulement vêtu d'un vieux short qu'il portait bas sur les hanches. Son torse était luisant de sueur et sa main gauche disparaissait dans un gant de boxe. L'autre gant était coincé sous son bras.

— Zoe ? Que faites-vous ici ?

Son corps mince et musclé ressortait dans la pénombre. Un duvet sombre s'étalait sur son torse, descendant en forme de flèche vers son short. Une goutte de sueur coula sur son visage ; il l'essuya d'un revers de son gant de boxe.

— Vous vouliez quelque chose ? insista-t-il.

Ces mots arrachèrent Zoe à la contemplation de son torse. Les joues en feu, elle se rappela sa colère, la raison même de sa venue.

— Il faut que je vous parle.

— Entrez.

Il s'effaça pour la laisser passer, ce qu'elle fit en hâte, pressée de s'écarter de lui, ce qui ne l'empêcha toutefois pas de percevoir une légère odeur de transpiration au moment où elle le frôlait.

Gideon retira son deuxième gant et déposa la paire sur la console d'acajou de l'entrée.

— Attendez-moi une seconde. J'arrive.

Il grimpa l'escalier avec souplesse et Zoe admira le jeu des muscles de ses jambes. C'était un homme en pleine forme.

Surtout pour quelqu'un qui avait un travail sédentaire.

Il redescendit quelques instants plus tard en s'essuyant le visage et les cheveux à l'aide d'une serviette. Parvenu dans l'entrée, il posa la serviette sur la rampe et enfila un T-shirt gris. Ses cheveux bruns étaient tout ébouriffés.

— Que puis-je pour vous, Zoe ?

Elle s'efforça d'oublier ses cheveux, son corps, ses bras musclés.

*Concentre-toi. N'oublie pas pourquoi tu es venue.*

— Qu'avez-vous dit à Dobbs ?

— Pardon ?

— Lui avez-vous demandé de me laisser tranquille ? De quoi vous mêlez-vous ?

Il l'observa un instant avec une expression indéfinissable.

— Je voulais savoir quels éléments il avait contre vous. Parce que je ne suis pas sûr qu'il en ait.

Il essayait donc de l'innocenter ? Zoe tenta d'ignorer le plaisir que lui procurait la nouvelle.

— Vraiment ? Vous vous attendiez peut-être à ce qu'il vous dise : « Exact, monsieur Tate, je n'ai foutrement rien contre elle. Ça fait six ans que je la harcèle, mais je vais cesser immédiatement. » C'est ça que vous espériez ?

— Je lui ai conseillé de trouver des preuves valables.

Autrement dit, il ne cherchait pas à la défendre. Il voulait au contraire s'assurer que Dobbs avait un dossier en béton contre elle.

C'était une déception, mais qu'importe puisque cet individu lui déplaisait.

— Et vous pensiez que ça allait marcher ? Vous êtes simplet ou quoi ?

— C'est une brute, Zoe. Avec les brutes, il faut savoir faire face. C'est le moyen de les faire battre en retraite.

Il s'exprimait avec un calme qui attisait la fureur de Zoe.

— Vous devriez peut-être le lui expliquer, parce

que je ne suis pas sûre qu'il ait saisi. Il a menacé mes sœurs et même mon neveu !

Sa hargne redoublait sous l'effet de son sentiment d'impuissance. Un sentiment qu'elle s'était juré de ne plus jamais éprouver après Derrick.

— Comment ça, il les a menacés ?

Gideon la prit par le bras, l'attirant plus près. Elle pouvait voir les paillettes d'or de ses prunelles.

— Qu'a-t-il dit ?

Elle se dégagea.

— Il n'est pas aussi idiot qu'il en a l'air, vous savez. Il ne profère pas de menaces directes, mais il sait parfaitement faire passer le message. Mon neveu n'a que douze ans. Mais je suis sûre que Dobbs le sait déjà.

— Je vais m'occuper de Dobbs. Il ne touchera pas à votre neveu. Ni à personne d'autre.

— Vous ne comprenez pas ! Dobbs ne s'en prendra pas physiquement à nous. Même lui ne ferait pas cette bêtise. Il arrêtera par exemple Charlie sur des soupçons de vol à l'étalage. Ne trouvant rien dans ses poches, il le relâchera, mais Charlie aura été humilié publiquement.

Zoe dut croiser les bras pour s'empêcher de le secouer, tant son incrédulité la mettait hors d'elle.

— Ou alors il arrêtera Bree parce qu'elle aura dépassé d'un cheveu la limite de vitesse. Il collera à Fiona une amende pour avoir traversé en dehors des clous ou jeté des détritus sur la voie publique.

— Dans ce cas, faites en sorte de ne rien faire d'illégal. Ne lui tendez pas la perche.

— N'avez-vous jamais dépassé une limite de vitesse ? Traversé n'importe où parce que vous étiez pressé, ou laissé tomber un bout de papier par terre en ouvrant votre portière ?

Elle crut voir de la colère dans ses yeux. Etait-il de son côté, contre Dobbs ?

*Ne sois pas ridicule. C'est un Tate !*

— Vous voyez bien, reprit-elle. Personne n'est parfait. Si Dobbs veut trouver à redire, il trouvera. Malgré toutes les précautions que nous pourrons prendre.

— C'est injuste.

— En voilà une révélation ! De même qu'il est injuste qu'un homme batte sa femme. Pourtant, ils sont nombreux à le faire.

Elle s'écarta de Gideon.

— Ne vous mêlez plus de mes affaires, Gideon.

— C'est impossible. La femme de mon client a trouvé refuge dans votre foyer. Nous devrons donc nous rencontrer, que vous le vouliez ou non.

— Alors, que ce soit uniquement pour des raisons professionnelles !

— Bien entendu. Je suis quelqu'un de très professionnel.

Peut-être, mais la manière donc il la regardait l'était beaucoup moins. Bree n'avait-elle pas dit qu'il était attiré par elle ?

Comme elle était attirée par lui ?

Bree ne savait pas ce qu'elle disait !

— Ecoutez, Gideon. Je sais que vous ne m'aimez pas et que vous pensez que j'ai été injustement innocentée du meurtre de votre frère. Mais je vous demande de laisser le reste de ma famille en dehors de tout ça. Mes sœurs et mon neveu n'ont rien à voir avec Derrick.

— Vous croyez que je ne vous aime pas ?

— Bien sûr. Comment le contraire serait-il possible ?

— C'est ce que j'aimerais savoir…

Il la saisit par les bras, l'attira contre lui et posa ses lèvres sur les siennes, s'emparant de sa bouche comme s'il voulait la dévorer.

La chaleur de son corps donna la fièvre à Zoe. Tout comme la preuve évidente de son désir, perceptible à travers son short.

Elle se sentait mollir, répondre à son étreinte, s'ouvrir à lui. S'il ne l'avait pas maintenue fermement par les bras, elle l'aurait enlacé.

Quoi qu'il en soit, elle n'allait pas lui faire le plaisir de se rendre : elle ne permettrait pas qu'il ait ce genre de pouvoir sur elle.

Elle l'embrassa donc, mais juste le temps que sa colère retombe et fasse place au désir. Quand elle eut atteint ce stade, elle mit fin au baiser et tâcha de reprendre son souffle.

— Derrick lui aussi a essayé de me contrôler par le sexe. Ça n'a pas marché. Pas plus que ça ne marchera avec vous.

# Chapitre 8

Il allait devenir dingue !

L'oisiveté ne lui valait vraiment rien.

Il en avait plus qu'assez de l'hôpital, de ses odeurs de maladie et de désinfectant, sans parler de l'attitude de son père à son égard.

Gideon arpentait le couloir de long en large, attendant que la kiné ait terminé sa séance de rééducation avec Wallace. Ce matin, il avait déjà passé un moment avec son père et attendu le médecin. Il était revenu l'après-midi, et la même routine recommençait.

Tout cela bien que son père ne veuille pas de lui.

Il le voyait dans son regard chaque fois qu'il le regardait. Et parmi les quelques mots que le vieil homme parvenait à articuler, « laisse-moi tranquille » et « rentre chez toi » étaient ses formules favorites.

Que diable était-il venu faire là ? Il fit demi-tour au bout du couloir et arriva devant la chambre de son père juste à temps pour le voir tenter de se lever alors que la kiné, qui prenait des notes, lui tournait le dos.

Gideon se rua dans la chambre pour rattraper son père qui chancelait et l'aida à se recoucher.

— Il est encore trop tôt pour te lever tout seul, papa. Tu dois te faire aider.

La kiné s'était retournée brusquement.

— Wallace ! Vous voulez vraiment vous faire mal ?

La réponse de l'intéressé se lisait sur son visage : il détestait que son fils l'aide, détestait devoir se reposer sur lui.

Presque autant que Gideon détestait jouer ce rôle.

Mais son père était seul au monde et il ne pouvait pas ignorer ses responsabilités envers lui, même s'il l'aurait souhaité.

Son téléphone sonna sur ces entrefaites.

— Salut, Gideon.

Reconnaissant la voix de Dave, il retourna dans le couloir.

— Comment ça va, Dave ?

— Super ! Je viens tout juste d'apprendre une excellente nouvelle.

— De quoi s'agit-il ? Tu m'as l'air bien remonté !

Gideon s'installa dans la salle d'attente pour continuer la conversation, face à la grande fenêtre par laquelle on apercevait le ciel plombé et des nuages à l'horizon.

— Un de mes amis est conseiller municipal. Ils ont eu une réunion hier soir : quelqu'un a déposé une plainte contre le foyer Safe Harbor. L'endroit où est Barb.

— Oui, je connais le Safe Harbor. Quel genre de plainte ?

— Le quartier est affecté par le plan d'urbanisme à des logements individuels. C'est ce qu'était à l'origine la maison que Zoe a achetée pour y installer le Safe Harbor. Mais évidemment, depuis que c'est devenu un foyer, on ne peut plus la considérer comme un logement individuel.

Gideon préféra demeurer circonspect devant la réaction bizarre de Dave.

— Cette nouvelle semble te ravir.

— Evidemment ! Si Barb est obligée de quitter ce foyer, je pourrai au moins lui parler. Pour savoir ce qu'elle mijote.

— Et toutes ces femmes qui ont besoin de ce refuge, que vont-elles devenir ?

Dave hésita un instant avant de répondre :

— Il doit bien y avoir d'autres endroits.

— Qui a déposé cette plainte ?

— Elle est anonyme, mais la commission d'urbanisme va devoir s'en occuper.

— Merci de m'en avoir informé. Je vais vérifier tout ça.

Gideon coupa la communication sans attendre de réponse. Pour éviter que son client ne l'agace davantage.

Qui pouvait avoir eu la bassesse de déposer cette plainte ?

N'importe quel habitant mâle de Spruce Lake qui en voulait à Zoe de défendre les femmes battues, de les aider à échapper à l'emprise de leur compagnon… Il ne faisait aucun doute que son combat lui valait des ennemis.

D'ailleurs, ne comptait-il pas lui-même au nombre de ces ennemis ? Le souvenir de leur étreinte lui revint soudain. Ce souvenir qui le hantait toutes les nuits, amenant avec lui insomnie et remords.

Pourquoi diantre l'avait-il embrassée ? Pour la remettre à sa place ? Pour lui montrer qu'il faisait ce qu'il voulait ? Pourtant, elle avait inversé les rôles en répondant à son baiser, puis en le plantant là, excité et furieux. Depuis, ça l'obsédait au point de l'empêcher de réfléchir.

Rien ne l'obligeait à l'informer de cette plainte déposée contre le foyer. Quelle raison aurait-il d'aider la femme qui avait tué son frère ?

Cependant, il savait l'importance de ce foyer pour les femmes qui y logeaient. Dans le cadre de son travail, il avait pu se rendre compte à quel point des lieux tels que celui-là étaient nécessaires. Il devait donc lui parler de cette plainte.

La culpabilité le disputait en lui à la hâte de la revoir. Il avait besoin de passer plus de temps avec elle. Pour être honnête, il devait admettre qu'elle l'attirait, qu'il la désirait, et ce bien qu'elle ait tué son frère.

Fallait-il qu'il ait l'esprit torturé !

Dès que la voiture de Zoe s'engagea dans l'allée, il se leva de la balancelle. Il l'attendait là depuis près d'une heure, parce qu'il ne pouvait pas s'empêcher de jouer les sauveurs, mais aussi parce qu'il avait envie de la voir. Il s'avança sur le perron pour éviter de lui causer une frayeur comme la dernière fois.

Avant de descendre de voiture, elle l'observa un long moment puis se détourna pour prendre des papiers et une mallette posés sur le siège du passager.

Lorsqu'elle descendit enfin, ses longues jambes apparurent les premières, barrées par une jupe bleu marine. Elle referma sa portière d'un coup de hanche.

— Que faites-vous ici ?

— Je vous attendais.

— Vous auriez pu m'appeler au foyer, vous connaissez le numéro.

— Non, c'est votre territoire, vous y êtes en position dominante. Je souhaitais vous rencontrer sur un terrain plus neutre.

Elle l'avait rejoint sous le porche et s'adossa à une colonne.

— Ma maison n'est pas un terrain neutre. Ici aussi, je suis en position dominante.

Son assurance, son air qui semblait dire « je vous défie de me faire perdre mon calme » lui donnaient des démangeaisons dans les doigts, comme une folle envie de la toucher pour voir si elle répondrait encore une fois à son étreinte.

— Certes, mais j'ai pensé qu'il vous serait moins facile de m'éconduire si je me présentais en chair et en os devant vous.

Bien sûr, il aurait pu l'informer de la plainte par téléphone, mais il avait cédé au besoin de la revoir, ce qu'il n'allait sûrement pas lui avouer.

— Croyez-moi, Gideon, si je n'ai pas envie de vous parler, le fait que vous vous soyez présenté en chair et en os ne m'empêchera pas de vous éconduire.

— Puisque vous ne l'avez pas encore fait, je suppose que nous pouvons parler.

Elle s'écarta en soupirant de la colonne contre laquelle elle s'appuyait.

— Pourquoi êtes-vous venu ? Un coup de fil aurait été tellement plus simple !

— J'aime avoir mes interlocuteurs en face de moi. Il m'est plus facile de deviner ce qu'ils ne disent pas.

Il voulait pouvoir lire au fond de ses prunelles bleues quand il se rapprocherait d'elle.

— C'est bien utile, lorsqu'on est avocat, répliqua-t-elle d'un air dégoûté.

— Vous prononcez le mot « avocat » comme s'il s'agissait d'une chose répugnante.

— Derrick venait juste de réussir l'examen du barreau, quand il est mort.

— C'est ce que j'ai appris...

Lors du procès, son père avait souligné avec rage que Zoe avait tué avec lui un futur brillant avocat.

— Mais il ne faut pas mettre tous les avocats dans le même sac.

Zoe répondit tout en rangeant dans sa mallette les papiers qu'elle avait à la main :

— Je sais. J'en rencontre tous les jours. Que voulez-vous ?

— Si nous nous asseyions ?

Il jeta un regard vers la balancelle qui oscillait doucement dans le vent.

— Nous pouvons aussi aller dîner, si vous préférez.

Elle l'observa un moment, puis secoua la tête.

— Il y a trop de vent pour rester dehors. Et il n'est pas question que je dîne avec vous. Entrez donc.

Elle ouvrit la porte et il la suivit à l'intérieur.

L'impression première qu'eut Gideon fut celle d'une explosion de couleur dans un vaste espace ouvert. Il y avait un canapé bleu avec deux fauteuils assortis et des coussins multicolores. Un tapis d'Orient dans des tons bleu vif et rouge recouvrait en partie le parquet et des bibliothèques étaient installées contre deux des murs. Des photos encadrées étaient posées sur les bouts de canapé et sur les rayonnages ; des dessins d'enfants ornaient les murs.

— Voilà des œuvres magnifiques, dit-il en admirant l'un d'eux.

— N'est-ce pas.

Sa voix s'était radoucie. Il la vit effleurer l'un des dessins, où l'on voyait un bonhomme maigre tenir une chose qui pouvait bien être un chien.

— Que représente celui-ci ?

Zoe contempla longuement le dessin avant de répondre :

— Une petite fille prénommée Marie qui a séjourné au foyer. Elle rêvait d'avoir un chien, mais son père lui avait dit qu'il tuerait le premier animal qui franchirait la porte de leur maison.

— A-t-elle fini par en avoir un ?

Zoe hocha la tête tout en continuant de contempler le dessin.

— Marie et sa mère sont parties s'installer à Green Bay, dans un immeuble où les animaux domestiques sont acceptés.

Elle se retourna en souriant, mais ses yeux brillaient de larmes.

— Elles vivent maintenant en compagnie d'une affreuse créature nommée Sweetie Pie.

— Une belle victoire pour votre foyer.

— Tout dépend de ce que vous appelez une victoire. Elles sont en sécurité et se remettent doucement. Mais le bilan de l'histoire, c'est un couple détruit, une mère et une fillette marquées à vie. Je ne suis pas vraiment sûre qu'on puisse appeler ça un franc succès.

— Qu'est-ce qui serait un franc succès, selon vous ?

— Que je sois obligée de fermer le foyer faute de pensionnaires. Malheureusement, j'ai bien peur que ça n'arrive pas de sitôt... Puis-je vous offrir quelque chose à boire ? Thé glacé ? Soda ? Bière ?

— Je veux bien une bière.

— Asseyez-vous. J'en ai pour une minute.

Elle revint quelques instants plus tard, portant une bouteille de bière et un verre de thé glacé sur un plateau. Elle s'était déchaussée et débarrassée de sa veste.

— Voulez-vous un verre ?

— Surtout pas. Je bois ma bière au goulot, comme les hommes.

Il remarqua qu'elle observait furtivement sa bouche, avant de détourner les yeux.

— Je tâcherai de m'en souvenir.

Elle s'installa dans un fauteuil, les jambes repliées sous elle. Ses orteils aux ongles peints en rouge pointaient sous sa jupe. Il dut faire un effort pour regarder ailleurs.

Surprenant son manège, elle rabattit négligemment sa jupe sur ses pieds.

— Bien, Gideon, de quoi s'agit-il ?

— Si je comprends bien, vous voulez que nous parlions boulot ? dit-il en avalant une gorgée de bière.

— N'est-ce pas pour ça que vous êtes venu ?

Elle feignait l'innocence, mais il voyait dans ses yeux qu'elle songeait à leur baiser de la veille.

— Commençons par là, répondit-il en posant sa bière. Dave Johnson m'a appelé aujourd'hui. Il a appris que quelqu'un avait déposé une plainte contre votre foyer.

— Comment ?

Elle s'était immobilisée le bras en l'air, le verre à la main. Elle reposa lentement son thé sur la table.

— Qu'est-ce que c'est que cette histoire ?

— Il semble que le bâtiment abritant votre foyer ait été originellement conçu pour être un logement individuel. Or, quelqu'un argue que vous violez les règles d'urbanisme car ce bâtiment n'a jamais été requalifié en logement collectif alors qu'il en est un.

— Comment Dave l'a-t-il appris ?

— Par un ami qu'il aurait au conseil municipal.

— Je ne serais pas étonnée qu'il ait lui-même

déposé cette plainte. Il m'a déjà appelée au foyer deux ou trois fois. Il est furieux que je ne l'autorise pas à s'entretenir avec sa femme.

— Vous ne connaissez pas Dave. Moi, si. Il ne ferait jamais une chose pareille. Il sait combien ce foyer est important.

Toutefois, au souvenir de la joie avec laquelle Dave lui avait appris l'existence de cette plainte, Gideon fut soudain pris d'un doute qu'il chassa bien vite.

— S'il s'énerve, c'est parce qu'il ne comprend pas pourquoi Barb a menti en prétendant qu'il l'a battue.

— Ecoutez, Gideon. Voilà six ans que j'aide des femmes victimes de violences et que je les protège des hommes responsables de ces violences. Vous pouvez me croire quand je vous dis que Dave est parfaitement capable d'avoir déposé plainte contre le foyer. Sous l'empire de la colère, les hommes peuvent faire un tas de choses qu'ils ne feraient pas en temps normal.

— Uniquement les hommes ?

— Non, bien évidemment. Mais les femmes victimes d'un compagnon violent ont peur ; elles ne peuvent pas s'offrir le luxe de s'énerver. Je ne crois pas que Barb ait menti.

— Nous ne sommes pas d'accord à propos de Dave et Barb, soit, mais je ne suis pas venu pour parler d'eux. Je voulais juste vous parler de ce dépôt de plainte. Pour vous aider à contre-attaquer.

Zoe se leva et se mit à tourner en rond dans le

salon. Le froissement de sa jupe fut pendant un moment le seul bruit perceptible.

— Pourquoi faites-vous cela, Gideon ? demanda-t-elle enfin.

— Quoi ?

Il se leva à son tour. Elle arpentait nerveusement la pièce, ses bras lisses et fermes enroulés autour d'elle. Se remémorant ce qu'il avait ressenti en la saisissant par les bras, Gideon fourra ses mains dans ses poches.

— Pourquoi m'avertir de cette plainte ? Pourquoi être allé voir Dobbs pour lui dire de me laisser tranquille ? Essayeriez-vous de faire diversion pour m'empêcher de penser à Barb ? De gagner ma confiance pour mieux m'imputer l'attaque de votre père ?

— Etes-vous toujours aussi méfiante ?

— Oui. Du moins quand j'ai affaire à un membre de la famille Tate.

Elle se remit à tourner en rond, se rapprochant un peu plus de lui à chaque tour. Elle ne devait pas s'en rendre compte ; lui ne pensait qu'à ça. Son parfum fleuri et citronné à la fois vint lui chatouiller les narines.

— Alors, que préparez-vous ? Quel est votre plan ? reprit-elle

— Ça me semble évident.

Elle passa sur le tapis. Le rouge vif sur ses orteils vernis contrastait avec le bleu foncé de la laine. Elle serrait ses bras autour de son buste comme si elle avait froid.

— C'est peut-être évident pour vous mais pas

pour moi, dit-elle en se plantant devant lui. Je n'ai ni le temps ni la patience de décrypter vos plans machiavéliques. Je suis quelqu'un de direct. Alors crachez le morceau.

— Quelqu'un de direct ? Je ne crois pas, Zoe.

Il la prit par les bras. Sa peau était encore plus douce que dans son souvenir.

— Vous êtes au contraire tout en mystères et en profondeurs que je rêve de sonder.

Alors qu'il l'attirait plus près, il vit son regard s'obscurcir.

— Vous avez été très clair, l'autre soir, Gideon. Vous ne m'aimez pas ; j'ai parfaitement compris le message

Son élocution était hachée, comme si elle avait du mal à respirer.

— Et vous ne m'aimez pas non plus, vous vous rappelez ?

Il effleura de sa langue la bouche de Zoe. Elle était raide entre ses bras, les lèvres pincées. Mais lorsqu'il s'attarda au coin de ses lèvres, elle frémit. Il l'attira plus près encore, jusqu'à ce que leurs corps se frôlent, et approfondit le baiser. Ses lèvres tremblèrent et s'entrouvrirent. Il la serra contre lui.

La démonstration était faite : elle aussi avait envie de lui. Il pouvait s'arrêter maintenant, la planter là comme elle l'avait fait la veille, de sorte qu'ils se retrouveraient à égalité.

Or, il ne pouvait se résoudre à la lâcher.

Elle lui rendit son baiser et le désir fut plus fort que tout. Il resserra son étreinte tandis qu'elle passait les bras autour de son cou avec un petit gémissement. Alors, toute la colère de Gideon s'envola, avec son sentiment de culpabilité. Oubliant toute prudence, il plongea les mains dans ses cheveux pour mieux l'embrasser. Elle avait un goût de thé glacé à la menthe, un goût de fruit défendu.

Tirant son chemisier hors de sa jupe, il posa les mains sur ses reins, jouissant de sa chaleur, de la douceur satinée de sa peau. Elle tremblait sous son étreinte. Il l'embrassait toujours, noyé dans un océan de sensations.

Zoe répondait activement à son baiser. Elle sursauta lorsqu'il glissa une main sur son ventre et gémit quand il effleura ses seins. Maladroitement, il déboutonna son chemisier et tenta de dégrafer son soutien-gorge. Au moment où il allait y parvenir, elle se raidit puis recula.

— Gideon !

Elle semblait choquée. Ses lèvres étaient encore humides de leur baiser et sa respiration rapide. Elle avait les joues roses et les pointes de seins se dressaient à sous l'étoffe de son chemisier dont elle resserra les pans contre elle.

— Que faites-vous ? Vous n'avez pas envie de moi, ni moi de vous.

— Vous en êtes sûre ? J'aurais juré le contraire.

Il eut toutes les peines du monde à ne pas la prendre de nouveau dans ses bras tant son corps vibrait de désir.

— C'était… nous avons…

Zoe bredouillait, avait perdu toute sa maîtrise.

Elle se sentait soudain vulnérable, hésitante. Avisant son corsage ouvert, elle le reboutonna d'une main tremblante.

Il aurait dû crier victoire. N'était-ce pas ce qu'il avait cherché ? Zoe désarmée, sa façade glaciale largement fissurée… Il pouvait maintenant s'en aller, pleinement satisfait : il lui avait rendu la monnaie de sa pièce.

En fait, il n'avait pas la moindre envie de partir. Il avait envie de l'embrasser comme un fou, au contraire. Et plus encore.

La culpabilité l'en empêcha. Cette femme était Zoe McInnes. La femme qui avait tué son frère ! Aucune femme ne lui avait jamais tourné la tête aussi vite, aussi fort.

— C'était une erreur, dit-il. Une erreur partagée.

— Vous avez raison…

Ses seins à la pointe toujours dressée ne semblaient pas de cet avis.

— Je me demande ce qui m'a pris, marmonna-t-elle.

Gideon, pour sa part, savait exactement ce qui lui avait pris. Il avait aussi sa petite idée concernant Zoe. Ses joues étaient toujours aussi rouges, tout comme son décolleté.

— Il semble que nous ayons tous les deux un problème.

— Il n'y a aucun problème ! Il n'y aura plus de baiser ni de contact entre nous.

Elle reprit son verre et but une longue lampée de thé glacé.

— Faisons comme s'il ne s'était rien passé.

— Vraiment ? Vous vous sentez capable d'oublier ça ? Je ne suis pas certain de pouvoir.

Elle baissa les yeux vers son entrejambe.

— Partez, Gideon.

Elle alla elle-même lui ouvrir la porte.

— Merci d'être venu m'avertir de ce dépôt de plainte. Je vais mettre immédiatement mon avocate sur cette affaire.

— Il est toujours bon d'être sur une affaire…

En passant devant elle, il se pencha pour l'embrasser, juste histoire de voir comment elle réagirait. Elle le repoussa.

— Ne recommencez plus jamais, Gideon !

Elle était énervée à cause de lui et il adorait ça. Tout comme il adorait la voir perdre le contrôle d'elle-même.

— Vous êtes certaine de vouloir oublier ce qui vient de se passer ?

Pour toute réponse, Zoe lui claqua la porte au nez. Un peu trop fort, d'ailleurs.

# Chapitre 9

— Pourquoi n'avons-nous pas fait ça après l'enterrement de papa ? demanda Bree.

Zoe s'arracha au souvenir de ce qui s'était passé la veille, avec Gideon.

— Hmm ? Tu disais ?

— Pourquoi n'avons-nous pas trié toutes ces affaires plus tôt ?

Bree s'extirpa du placard.

— Qu'est-ce que tu as ? C'est pourtant toi qui voulais qu'on s'attelle à la chambre de papa aujourd'hui !

Zoe considéra le carton vide posé sur le lit. Elle était censée y ranger les vêtements qui se trouvaient dans la commode.

— Excuse-moi, Bree. Je rêvassais.

Elle ouvrit un tiroir et en tira une pile de T-shirts qu'elle déposa dans le carton.

— En tout cas, j'aimerais bien savoir pourquoi nous n'avons pas vidé cette chambre après l'enterrement de papa, insista Bree.

— Parce que Fiona et toi aviez hâte de ficher le camp, au cas où tu l'aurais oublié !

Zoe jeta une paire de chaussettes dans le carton.

Celle-ci rebondit et roula par terre. Après l'enterrement, ses sœurs s'étaient littéralement enfuies de Spruce Lake. Elle leur en avait voulu de lui laisser implicitement le soin de faire le tri dans la maison, puisqu'elle était la seule à habiter Spruce Lake.

— J'ai estimé que nous devions faire le tri ensemble avant de donner quoi que ce soit.

— Dans ce cas, nous devrions attendre que Fiona revienne.

— Qui sait quand elle va revenir ? Là, au moins, nous sommes deux. Si nous trouvons des choses qu'elle est susceptible de vouloir garder, nous les mettrons de côté.

Bree se replongea dans le placard, d'où sa voix sortit étouffée.

— Fiona ne voudra rien qui vienne de papa, tu le sais bien.

— On ne sait jamais.

Ouvrant un autre tiroir, Zoe y découvrit les pulls de son père. L'écossais jaune et bleu, au-dessus de la pile, était l'un de ses préférés. Il le mettait le samedi, quand il emmenait ses filles en ville. Elle le contempla un moment puis sortit le tiroir de son logement et le vida dans le carton.

Bree émergea du placard en éternuant, les bras chargés de costumes poussiéreux.

— Ne me dis pas qu'il avait vraiment besoin de tout ça.

— Ça faisait partie de l'image qu'il voulait donner de lui. Les gens importants vont travailler sur leur trente et un…

Bree jeta les costumes sur un fauteuil.

— Je parierais qu'il était le seul prof d'anglais à être aussi endimanché.

— C'est justement pour ça qu'il s'habillait ainsi : pour qu'on le remarque.

Bree s'assit sur le lit tandis que Zoe fourrait dans le carton les chemises de leur père.

— Qu'est-ce qu'il y a, Zoe ? Tu as été distraite et nerveuse toute la matinée. Et, depuis tout à l'heure, tu ranges ces vêtements sans même les plier.

Zoe se figea un instant, puis entreprit de plier le polo vert qu'elle tenait.

— Rien. Tout va bien.

— Ce n'est pas ainsi que tu te comportes quand tout va bien.

Zoe avait déjà mis la main sur un autre pull. Elle le reposa.

— Tu as raison. Je suis distraite à cause de ce qui m'est arrivé hier soir.

— Tu as envie de m'en parler ?

— Tu as envie que je te le raconte ?

— Bien sûr, dit Bree en se levant. Faisons une pause. Je prendrais bien un thé glacé. Il fait chaud, pour un mois d'avril. Allons nous asseoir à l'arrière de la maison, comme on le faisait avec maman.

Elles descendirent et s'installèrent sur les marches de la porte de la cuisine. Le soleil brillait, l'air sentait la terre mouillée et les bourgeons prêts à fleurir. Les planches des marches peintes en bleu foncé étaient brûlantes.

— Alors, qu'y a-t-il ? demanda Bree.

— Gideon Tate est venu chez moi hier soir.

— Pour quoi faire ?

— Pour me dire que quelqu'un avait déposé une plainte contre le foyer. Il semblerait que nous soyons en infraction, car c'est censé être un logement individuel.

— Quoi ? Quelqu'un cherche des noises à ce foyer ? Tu ne crois pas que c'est Gideon lui-même qui t'a dénoncée ?

— Pourquoi serait-il venu m'avertir, dans ce cas ?

— Il a peut-être eu peur que tu le découvres et s'est dit que tu ne le soupçonnerais pas s'il t'en parlait avant que tu ne l'apprennes.

— Je ne pense pas que ce soit lui.

— Tu en es sûre ? C'est un Tate. Les Tate ont la persécution dans le sang.

— Pas celui-ci.

— Oh, non ! Je t'avais bien dit qu'il s'intéressait à toi. Qu'est-ce qu'il a fait ? Il t'a sauté dessus ?

Zoe s'adossa contre la balustrade, se remémorant le désir inattendu qui s'était emparé d'elle.

— Il m'a embrassée.

— Tu l'as remis à sa place, j'espère, avec un bon coup de genou où je pense !

— Non. Je l'ai embrassé, moi aussi.

— Quoi ? Tu l'as embrassé ? Tu as embrassé Gideon Tate ! Mais qu'est-ce qui t'a pris ?

— C'est bien ce que j'aimerais savoir… J'avais le cerveau en panne. Quand il a posé ses lèvres sur les miennes, j'ai cessé de réfléchir. Tout à coup, je me suis rendu compte que je l'embrassais et qu'il me touchait.

Sans compter qu'elle le touchait aussi.

Bree semblait complètement sidérée.

— Ne me dis pas que tu as couché avec lui !

— Non !

Il s'en était cependant fallu de peu. Jusqu'au moment où il avait voulu dégrafer son soutien-gorge et où la fraîcheur de l'air sur sa peau nue l'avait tirée de sa torpeur, elle avait cessé de penser, toute au désir qui la consumait.

— Non, reprit-elle. Ça n'est pas allé plus loin que quelques baisers et quelques… caresses. Je lui ai dit qu'il n'était pas question que cela se reproduise, mais il s'est moqué de moi… Le propre frère de Derrick ! Je sais pourtant que ce serait une erreur d'avoir une aventure avec un autre homme de cette famille. C'est comme si mon corps pensait autrement.

— Tu es un peu stressée, en ce moment. Cette histoire avec Wallace, le nettoyage de la maison… et voilà que Gideon Tate te tombe sur le dos. Pas étonnant que tu perdes les pédales. C'est peut-être l'excès de pression qui perturbe tes hormones. Ça ira sûrement mieux quand tout sera rentré dans l'ordre. Alors, tu regarderas Gideon Tate en te disant : « Mais qu'est-ce qui m'a pris ? »

— Peut-être.

Zoe n'en pensait pas un mot. Elle avait failli rappeler Gideon quand il était sorti de chez elle, la veille, et ne s'était retenue que de justesse. Fallait-il qu'elle soit tombée bien bas !

— Merci de m'avoir écoutée, Bree. Je te promets d'être à mon tour ta confidente le jour où tu rencontreras un homme qui te mettra sens dessus dessous.

— Ne t'en fais pas. Ça ne risque pas d'arriver.

— Bien sûr que si. Je vois bien comment certains te regardent. Un jour, tu finiras par te retourner sur l'un d'eux. Et ce jour-là, je serai là pour te sauver du danger. Si toutefois tu en as envie.

— Même si j'avais envie de me retourner sur un homme, je n'en ferais rien. Ma priorité absolue, c'est d'élever Charlie.

— Pourquoi cet entêtement ?

Un horrible soupçon s'empara brusquement d'elle.

— Bree ! Est-ce qu'il te serait arrivé quelque chose d'épouvantable dont tu ne nous aurais jamais parlé ? Au travail ? A la fac ? Tu as été agressée ?

— Non, rien de tout ça.

Bree laissa son regard errer dans le vague.

— Charlie était tout petit, à l'époque, mais je suis terrorisée à l'idée qu'il puisse découvrir que j'ai été stripteaseuse. C'est trop moche pour un gosse d'apprendre une chose pareille sur sa mère. C'est pour ça que j'ai quitté Milwaukee quand les administrateurs de l'école l'ont appris. Je savais que, tôt ou tard, cela viendrait aux oreilles de Charlie.

— Mais en quoi cela t'empêche-t-il de sortir avec un homme ?

— Crois-tu que je puisse avoir une relation avec quelqu'un sans être amenée à lui parler, un jour ou l'autre, de mon passé sordide ? Or, si j'en parle à quelqu'un, Charlie finira fatalement par le savoir.

— Bree, il découvrira forcément ton secret un jour. Les enfants finissent toujours par savoir, tu sais.

Zoe avait pu le vérifier mainte fois chez les enfants perturbés qui atterrissaient au foyer avec leurs mères.

— Tu ne pourras pas le lui cacher éternellement.

— Je peux au moins le lui cacher jusqu'à ce qu'il soit en âge d'encaisser, de comprendre pourquoi j'ai fait ça. En âge d'ignorer les moqueries et autres remarques désobligeantes qu'on ne manquera pas de lui faire.

— Tu as l'intention de vivre comme une nonne jusqu'à ce que Charlie soit adulte ?

— Où est le problème ? Tu ne vis pas comme une nonne depuis la mort de Derrick, toi ? Combien de fois es-tu sortie avec un homme en six ans ?

— Tu ne peux pas comparer…

— Ah bon ? Explique-moi pourquoi.

— C'est par manque de discernement que j'ai épousé un homme violent. Me sachant incapable de juger correctement un homme, pourquoi chercherais-je à avoir une relation avec d'autres ? Comment puis-je me fier à mon jugement ?

Elle sauta au bas de l'escalier pour faire quelques pas dans le jardin.

— Gideon en est le parfait exemple. C'est le dernier homme auquel je devrais penser et, pourtant, qui ai-je embrassé hier soir ? Gideon Tate.

— Tous ne sont pas des tortionnaires potentiels.

— Effectivement. Mais vois plutôt qui j'ai épousé…

Zoe se baissa pour arracher une mauvaise herbe dans un massif.

— J'ai suivi des cours de psycho à la fac. Je sais qu'une femme cherche toujours le même type d'homme, toute sa vie. Des hommes à l'image de son père.

— Tu n'as pas assez confiance en toi. Tu es une fille intelligente, capable d'apprendre. Tu ne reproduiras pas l'erreur commise avec Derrick.

— C'est sans doute pour ça que j'ai perdu la tête, hier soir, avec son frère.

— Mais Gideon n'est pas Derrick. Peut-être n'a-t-il aucune ressemblance avec son père et son demi-frère.

— Tu prends sa défense, maintenant ? Toi qui me demandais il y a cinq minutes si je l'avais frappé où je pense ?

— Ce que je veux dire, c'est que tu ne dois pas t'en vouloir parce qu'il t'attire. Je me suis peut-être trompée sur son compte. Donne-lui une chance de te montrer qui il est.

— Bree, tu m'as toi-même conseillé de garder mes distances avec lui. Pourquoi changes-tu soudain ton fusil d'épaule ?

— Parce que je n'avais pas compris ton état d'esprit, ta méfiance à l'égard de ton propre jugement. Toi qui as toujours été si sûre de toi… Tu jouais toujours les chefs, quand on était petites. C'est toi qui nous disais tout ce qu'on devait faire, Fiona et moi.

— Je me demande bien pourquoi je me fatiguais : vous ne m'écoutiez jamais !

— Ouais, on n'était qu'une bande d'ingrates.

Comprenant qu'elle entrait en terrain miné, Zoe préféra mettre fin à cette conversation.

— Si on en concluait qu'on est toutes les deux pathétiques et si on se remettait au travail ? Il y a encore une montagne de vêtements à trier, là-haut.

Bree la contempla longuement, l'air songeur.

— Mouais, tu as raison. Ça vaut mieux que de parler des trucs vraiment importants.

— Hé ! je veux bien parler ! C'est toi qui as commencé à râler sous prétexte que je jouais les chefs quand on était petites.

Bree se leva.

— Je n'ai pas envie de me quereller avec toi, Zoe. Allez, remettons-nous au travail.

Affalé sur la table, Charlie lisait un ouvrage sur les reptiles. Bree préparait la pâte pour les chaussons et Zoe remuait le ragoût quand le téléphone sonna. Zoe jeta un coup d'œil au numéro d'appel qui s'affichait.

— C'est Fiona.

Elle décrocha.

— Salut, Fiona. Quoi de neuf ?

Zoe écouta, et le service que sa sœur lui demandait la mit franchement mal à l'aise.

— Comment ça, me faire passer pour toi ? Tu débloques complètement !

— Je t'en prie, Zoe. Il faut absolument que tu me rendes ce service. Je ne serai jamais de retour à Spruce Lake à temps pour l'exposition de bijoux.

— Tu veux dire que tu ne veux pas revenir ?

Il y eut un silence au bout de la ligne, puis Fiona répondit à voix basse :

— Tu as raison, Zoe. Je n'ai pas envie de revenir. Mais je prends mon travail au sérieux. Je me suis engagée envers cette bijoutière, et je compte bien tenir ma promesse. L'ennui, c'est que j'ai quelque chose à finir ici et que ce serait épuisant de faire l'aller et retour jusqu'au Wisconsin sur la journée.

Fiona insista, cajoleuse.

— Si tu me rendais ce service, ça me permettrait d'être plus vite de retour à Spruce Lake.

— Mais comment veux-tu que je prenne ta place ? Je n'ai pas la moindre idée de ce que tu fais, ni de comment tu le fais !

— Il s'agit d'une exposition-vente à la boutique Pieces. On te demande juste de sourire et de bavarder avec les clients. Tu en es parfaitement capable. C'est exactement ce que tu fais avec les bénévoles ou les bienfaiteurs du foyer.

— Mais ces clients s'attendent à rencontrer une experte en joaillerie ! J'aurai l'air de tomber de la lune. Sans compter que je connais beaucoup de gens, en ville. Ils risquent de me reconnaître. Et tu oublies que nous n'avons pas tout à fait le même style vestimentaire, toi et moi.

Avec ses crêtes punk aux extrémités magenta, ses vêtements branchés et ses bijoux bizarroïdes, Fiona était plutôt voyante, alors que Zoe cherchait toujours à se fondre dans la foule.

— Elle y arrivera, intervint Bree. Je l'aiderai.

— Toi, on ne t'a pas demandé ton avis, râla Zoe.

— Les gens voient généralement ce qu'ils ont envie de voir, assura Fiona. En l'occurrence, ils s'attendront à me voir et c'est moi qu'ils verront. D'autant plus que tu me ressembleras…

Zoe voyait le sourire de sa sœur comme si elle était là.

— J'ai entendu ce qu'a dit Bree, reprit Fiona. Elle va se débrouiller pour que tu aies les vêtements et le maquillage adéquats. Sans parler des accessoires.

Zoe cherchait désespérément un prétexte pour refuser.

— Il va falloir que je me teigne les cheveux ! Et quand je redeviendrai chez moi, les gens comprendront le subterfuge en me voyant avec les cheveux teints.

— Aucun problème, intervint Bree. On achètera de la teinture qui part au premier shampooing.

Zoe soupira. Elle ne trouvait pas d'autre prétexte pour refuser.

— D'accord, j'irai chez Pieces à ta place en me faisant passer pour toi. Mais tu me devras un énorme service. Après ça, tu te ramènes à Spruce Lake et tu n'en bouges plus tant qu'on n'aura pas fini de nettoyer la maison.

Fiona répondit après un silence :

— D'accord. Je reviens dès que possible et je reste jusqu'au bout. Je n'ai jamais eu l'intention de vous laisser le travail sur les bras, à Bree et à toi.

— Je sais. Je sais aussi combien ça te coûte, Fiona. Mais ça ira plus vite à trois.

Elle prit un stylo et un bout de papier.

— Et maintenant, donne-moi un cours accéléré de joaillerie.

Zoe se retint de passer la main sur sa crête teinte en rose. A la place, elle fit tourner la bague en argent et pierre de lune qui ornait son annulaire droit et lissa la longue blouse multicolore qu'elle portait par-dessus des leggings noirs. Un pendentif en pierre de lune et lapis-lazuli pesait à son cou et de longues boucles d'oreilles en argent frôlaient sa gorge chaque fois qu'elle bougeait.

Judy Baer, la patronne de la boutique Pieces, semblait aux anges.

— Si vous saviez comme je suis contente que vous ayez pu venir aujourd'hui, Fiona ! Quel événement de présenter vos créations ! Vous avez beaucoup de fans, ici, à Spruce Lake.

— Je suis flattée que vous m'accueilliez dans votre boutique, Judy.

Zoe s'appliquait à imiter la voix de sa sœur, un peu plus grave et plus mate que la sienne.

— C'est un événement pour FeeMac Designs d'avoir un point de vente dans ma ville natale.

— Et il faut que ça se sache ! Vous contribuez au rayonnement de cette ville, tout comme votre cher père…

La commerçante se mit à triturer son lourd collier d'ambre en soupirant.

— Je me rappelle encore le retentissement quand il a obtenu le prix Pulitzer ! Les journalistes ont défilé ici pendant des semaines.

Indéniablement, John Henry McInnes s'était délecté de l'attention dont il était l'objet et en avait redemandé.

— Vous êtes très aimable, s'efforça de dire Zoe en souriant. Mais on ne peut tout de même pas comparer ma collection de bijoux à un prix Pulitzer.

— Pour moi, si. Je n'ai jamais lu le livre de votre père, vous savez. Ce n'est pas ma tasse de thé. Mais vos bijoux !

La commerçante effleura une paire de boucles d'oreilles en argent et malachite qui étincelait sur le présentoir.

— J'ai adoré vos créations dès que je les ai vues, lors d'une foire commerciale. Et le fait que vous soyez une enfant de Spruce Lake ajoute encore à leur charme !

Zoe jeta un regard vers la foule qui se pressait devant la boutique, attendant l'ouverture. Elle ignorait jusque-là que Fiona était une telle célébrité dans le monde de la joaillerie.

— Que voulez-vous que je fasse quand les clients seront là, Judy ?

— Souhaitez la bienvenue à tout le monde chez Pieces, et dites-leur combien vous êtes heureuse qu'une boutique de votre ville natale présente vos bijoux. Car vous êtes heureuse, n'est-ce pas ?

— Je suis aux anges ! On le serait à moins !

— Ensuite, vous pourriez peut-être dire un mot aux personnes désireuses d'acheter un bijou. Les aider à choisir des pièces qui leur conviennent. Elles seront tout excitées d'avoir un bijou choisi sur mesure par Fiona McInnes elle-même !

Il ne manquait plus que cela ! Zoe n'avait pas le goût sûr de Fiona pour ces choses-là. Comment allait-elle savoir ce qui irait à quelqu'un ?

— Pourriez-vous m'aider, Judy ? D'habitude, je ne me charge pas moi-même de la vente de mes bijoux.

Judy répondit par un clin d'œil.

— Vous saurez vous y prendre. Il suffit d'observer un client pour connaître ses goûts. Et s'il fait le mauvais choix, il n'y a qu'à l'orienter en douceur vers un article plus adapté.

Zoe essuya ses mains moites sur sa blouse. Finalement, c'était une affaire de psychologie. Il fallait laisser le client vous guider. Elle pouvait le faire.

Il le fallait bien.

— J'ouvre la boutique. D'accord ?

— Je vous en prie, Judy.

La première cliente entra et Zoe afficha son plus beau sourire.

# Chapitre 10

— Ces boucles d'oreilles sont parfaites sur vous. Leur forme vous va très bien. Mais avez-vous vu les autres coloris ?

Zoe chercha dans le tiroir les boucles vert pâle qu'elle y avait aperçues plus tôt, celles en cornaline orange qu'avait choisies la cliente jurant affreusement avec ses cheveux roux.

— Oh ! j'aime encore mieux ces vertes ! s'enthousiasma la cliente. Comment s'appelle cette pierre ?

Zoe dut se creuser la cervelle pour se rappeler les noms de pierres dont sa sœur lui rebattait les oreilles lorsqu'elles étaient petites.

— Hum, ce sont des péridots.

La cliente s'admira dans le miroir.

— Merci, mademoiselle McInnes !

— Je vous en prie.

Zoe respira à fond avant de se tourner, souriante, vers la cliente suivante. Après une heure de ce manège, elle commençait à se détendre. Elle allait y arriver. C'était un peu comme retourner en enfance. Fiona et elle se faisaient souvent passer l'une pour l'autre quand elles étaient plus jeunes. A l'époque, c'était plutôt excitant de tromper les profs ou les amis.

A présent, elle trouvait cela plutôt angoissant. Toutefois, personne ne l'avait encore démasquée et elle commençait, tout doucement et pour la première fois depuis six ans, à donner libre cours à sa malice.

Un homme grand et blond s'avança, accompagné d'une fillette : c'étaient Jackson Grant et Lindy. Elle se précipita vers le comptoir, les yeux brillant de convoitise.

— Regarde, papa, ces boucles d'oreilles !

Jackson caressa les cheveux châtains de sa fille.

— Elles sont magnifiques, Lindy.

Il se tourna ensuite vers Zoe et parut surpris, mais son hésitation ne dura qu'un instant.

— Bonjour, Fiona. Je ne vous demande pas comment vous allez car vous devez être comblée, dit-il en montrant les bijoux.

Zoe resta un instant interdite. Comment savoir si Fiona et lui se connaissaient ?

— Bonjour, Jackson. C'est votre fille ?

— Oui, elle s'appelle Lindy. Elle adore ce que vous faites. Drôle, n'est-ce pas ?

Que signifiait cette remarque ? Toutefois, soulagée que Jackson ne l'ait pas reconnue, Zoe décida de ne plus se poser de questions et sourit à la fillette.

— Bonjour, Lindy. Tu cherches quelque chose en particulier ?

— Elle cherche quelque chose qui convienne à une fille de douze ans, précisa Jackson.

— P'pa…, râla l'intéressée.

Apparemment, ils avaient déjà abondamment

discuté de ce qui convenait ou ne convenait pas à une fille de douze ans.

— Nous avons là des pendentifs plus petits qui sont parfaits pour les jeunes filles. Ils n'alourdissent pas le visage. Tu as de beaux yeux et il ne faudrait pas que tes bijoux leur ravissent la vedette.

— Vraiment ? demanda la fillette.

— Absolument. Voyons ce que nous avons là… Quelle couleur veux-tu ?

— Bleu. C'est ma couleur préférée.

Zoe sortit un pendentif en lapis-lazuli et des boucles assorties qu'elle souleva à hauteur du visage de Lindy.

— Celles-ci font vraiment ressortir le bleu de tes yeux.

Quelques minutes plus tard, Lindy sortait de la boutique sur un petit nuage, tenant son père par la main et serrant son paquet contre elle. Zoe vit le père se pencher pour glisser un mot à l'oreille de sa fille, puis l'embrasser sur la joue. Elle eut un petit pincement au cœur devant ces gestes trahissant la relation affectueuse qui unissait le père et la fille.

— Que pensez-vous de ce pendentif, Fiona ?

Zoe se retourna vers la cliente, une serveuse du Lake House, qui lui montrait un pendentif en argent orné d'une pierre de lune ovale. Il était temps de reprendre son rôle et de s'amuser.

— C'est une très belle pièce, Sandy, mais un peu discrète. C'est le genre de chose que ma sœur Zoe porterait avec un de ses éternels tailleurs. Vous avez plus de chien qu'elle et pouvez vous permettre plus de fantaisie.

Elle montra à la serveuse un pendentif fait d'un entrelacs de fils d'argent et de pierres de lune.

— Voilà qui a tout de même plus d'allure.

— J'adore ! s'exclama Sandy en caressant le bijou. Merci, Fiona.

Zoe perçut un ricanement étouffé derrière la cliente. En se penchant, elle découvrit Gideon, qui l'observait. Il lui sourit avec un petit clin d'œil.

Il avait deviné !

Dieu sait comment, il avait compris qu'elle n'était pas Fiona.

Affolée, elle se tourna vers Judy Baer, qui ne décollait pas de la caisse depuis le début de la matinée. Gideon allait-il lui révéler la supercherie ? Allait-il annoncer à la cantonade qu'elle n'était pas Fiona McInnes, la créatrice des bijoux pour lesquels tous se bousculaient ?

Il se dirigea vers un autre présentoir et elle ne put plus voir son visage. Mme Anderson, enseignante au lycée, la sollicita à son tour. Zoe s'occupa d'elle tout en gardant Gideon à l'œil. Manifestement, il ne faisait rien pour parler à Judy.

Une heure plus tard, il était toujours dans la boutique. Il avait acheté quelque chose mais ne s'en allait pas. Enfin, quand il n'y eut plus que quelques curieux qui s'attardaient, il s'approcha du comptoir en lui tendant la main d'un air très sérieux.

— Bonjour, mademoiselle McInnes. Je suis Gideon Tate, un ami de votre sœur.

Elle était bien obligée de lui serrer la main et le fit donc en la retirant le plus vite possible. Ce qui ne l'empêcha pas de ressentir une petite décharge au passage.

— Enchantée, monsieur Tate. Etes-vous parent avec la famille Tate de Spruce Lake ?

— En effet…

Une lueur amusée dansait dans son regard.

— Je suis le fils de Wallace Tate, le frère de Derrick.

— Et vous êtes ami avec Zoe ? Pardonnez-moi, mais j'ai du mal à le croire.

— Pour ma part, j'ai du mal à croire que Zoe ne vous ait pas parlé de moi. Nous sommes devenus très proches, dernièrement.

— Peut-être vous êtes-vous mépris sur ses sentiments à votre égard.

— Je ne crois pas. Elle a été très claire sur ce chapitre.

Zoe se rappela où elle était et le rôle qu'elle jouait. Elle n'était pas censée flirter avec Gideon. Pourtant, elle sentait une étrange chaleur l'envahir.

— Il doit s'agir d'un simple oubli de sa part, car elle se confie toujours à moi lorsqu'il lui arrive quelque chose d'important.

Gideon lui frôla la main comme par inadvertance et lui adressa un nouveau clin d'œil.

— Certaines choses sont trop intimes pour être confiées…

Judy les rejoignit sur ces entrefaites.

— Est-ce votre compagnon, mon petit ?

— Je suis un ami de Zoe, sa sœur.

— Une simple connaissance, corrigea Zoe en essayant de ne pas rougir.

— Comme c'est gentil d'être venu la soutenir ! N'est-ce pas que c'est adorable, Fiona ?

— Oui. Merci d'être passé, monsieur Tate. Je suis ravie d'avoir fait votre connaissance, mais je ne voudrais pas vous retenir. Voilà déjà un long moment que vous êtes ici.

— Il y a tant de choses fascinantes dans cette boutique que je n'arrive pas à m'en arracher.

— Dieu ! qu'il est chou ! roucoula Judy. Vous pouvez rester aussi longtemps que vous le voudrez, monsieur Tate.

Elle sourit à un couple qui entrait dans la boutique.

Il devait bien exister un moyen de se débarrasser de Gideon.

— Vous intéressez-vous aux bijoux, monsieur Tate ? demanda Zoe.

— Ils sont très beaux, mais je suis surtout intéressé par la personne qui les vend.

— Judy sera flattée de l'apprendre.

— Vous me rappelez beaucoup votre sœur Zoe.

— C'est probablement dû au fait que nous sommes de vraies jumelles.

— Sans aucun doute.

Comme le couple qui venait d'arriver se dirigeait vers le présentoir de bijoux, Zoe se tourna vers eux avec soulagement.

— Bonjour et bienvenue chez Pieces. Puis-je vous montrer quelques-uns de mes modèles ?

Une heure de plus s'était écoulée.

Zoe avait parfaitement remarqué que Gideon traînait du côté de la porte et l'observait. Elle avait espéré qu'il se lasserait, en vain.

— On dirait que l'ami de votre sœur vous attend, fit remarquer Judy. Allez-y, mon petit, vous pouvez partir. Vous êtes restée plus longtemps que je ne l'espérais, et je vous suis vraiment reconnaissante.

— Ce fut un plaisir, Judy. Il faudra que nous recommencions un de ces jours.

De préférence lorsque Fiona serait là.

Saisissant le sac informe que Bree avait insisté pour qu'elle prenne, Zoe se dirigea vers la sortie. Gideon lui emboîta le pas.

— Puis-je vous raccompagner jusqu'à votre voiture, Fiona ?

— Arrêtez, Gideon ! Je sais que vous savez. Comment avez-vous deviné ?

— Vous pensiez que je ne vous reconnaîtrais pas ?

— Oui. Vous vous attendiez à voir ma sœur jumelle, et les gens voient généralement ce qu'ils s'attendent à voir. Sans compter que je n'ai pas vraiment mon allure habituelle.

— Vous êtes vous-même, dans une version plus excitante.

Comme il passait la main sur sa crête, elle se déroba.

— Zoe avec des cheveux roses… Je crois que j'aime bien.

— Vous n'avez pas vu Fiona depuis des années. Comment pourriez-vous nous différencier l'une de l'autre ? Comment avez-vous eu la certitude que c'était moi ?

Petites, elles s'étaient souvent fait passer l'une pour l'autre sans jamais se faire prendre.

— Parce que je n'ai pas embrassé Fiona. Je ne l'ai pas touchée.

— Où voulez-vous en venir, Gideon ? Vous savez aussi bien que moi qu'il n'y aura rien entre nous. Que cette… attirance malsaine est sans issue.

— Parce que je m'appelle Tate et que vous avez tué mon frère ?

— Exactement.

— Derrick mourrait de rire, s'il était là.

— Sûrement pas. Derrick n'avait aucun sens de l'humour.

— Si on oubliait un peu le passé ?

Elle se retourna pour lui faire face.

— Vraiment ? Vous cherchez à oublier ce qui s'est passé il y a six ans ? Ce n'est pas l'impression que j'ai depuis le début.

— Je ne peux pas l'oublier, évidemment. Mais nous pourrions au moins parler d'autre chose.

Zoe se remit en marche.

— Pour quoi faire ? C'est une mauvaise idée, par quelque bout qu'on la prenne.

— C'est à voir…

Il passa un bras autour de ses épaules.

— Pourquoi vous êtes-vous fait passer pour votre sœur à la boutique ?

Elle se dégagea.

— Fiona a été retenue à New York pour des raisons professionnelles. Il était plus simple que je la remplace.

— Plus simple pour qui ?

— Pour elle, naturellement.

— Et pour vous ?

Il s'était radouci et sa voix ne trahissait plus aucune ironie.

Elle allait l'éconduire d'une remarque bien sentie quand elle commit l'erreur de le regarder. Il semblait bel et bien inquiet pour elle.

Il ne flirtait pas, ne plaisantait pas ; il se souciait vraiment de ce qu'elle allait lui répondre. Zoe sentit que la glace commençait à fondre autour de son cœur.

— J'ai été sur les nerfs toute la matinée, avoua-t-elle. Fiona et moi nous nous faisions souvent passer l'une pour l'autre quand nous étions enfants. C'est drôle de berner les adultes quand on a dix ans, mais berner les gens quand on est soi-même adulte, ce n'est pas pareil.

— Etant donné que vous ne ressemblez pas à Zoe, je pense que vous avez fait illusion.

— Oui, mais Fiona est une artiste. Je n'ai pas son talent.

— Vous avez beaucoup de talent, au contraire, mais dans un genre différent.

Elle le gratifia d'un coup de coude.

— Surveillez votre langage, Gideon. Si quelqu'un vous entendait, on pourrait croire que vous faites ami-ami avec moi. Wallace ne s'en remettrait pas.

— Je me moque bien de ce que pense mon père. Tout comme il se moque de ce que je pense.

— Comment ? C'est toute l'affection que vous avez pour lui ? Qu'êtes-vous venu faire ici, dans ce cas ?

— Je n'avais pas vraiment le choix. Il n'a personne d'autre.

— Je comprends mieux, maintenant, pourquoi vous n'avez pas remis les pieds à Spruce Lake pendant des années.

— C'est un peu plus compliqué que ça…

Gideon ralentit le pas et l'obligea à se tourner vers lui.

— Venez dîner avec moi ce soir et je vous raconterai tout.

— Désolée, j'ai déjà quelque chose de prévu.

— Un rendez-vous ?

Elle aurait bien aimé ! Cela lui aurait peut-être permis d'oublier ce qu'elle avait ressenti quand Gideon l'avait embrassée.

— Bien que ça ne vous regarde pas, la réponse est non. Je dois monter de nouvelles bibliothèques dans le salon du foyer. On nous a donné tellement de livres que nous ne savons plus où les mettre.

— Monter des bibliothèques ? Vous êtes vraiment une femme polyvalente.

— Je ne m'en chargerai pas moi-même, parce que je suis un véritable danger public avec un marteau. Je serai là pour superviser.

— Vous avez besoin d'aide ?

— Je suis capable de superviser seule cette opération.

— Je parlais du montage. J'ai fait un peu de menuiserie.

— Vous me proposez de venir au foyer pour rendre service ?

Soudain, une pensée l'effleura.

— Ce ne serait pas plutôt une ruse pour rencontrer Barb Johnson ?

— Certainement pas ! Les foyers pour femmes sont d'utilité publique ; en tant que procureur, je suis bien placé pour le savoir.

— Vous seriez donc prêt à consacrer votre soirée à donner un coup de main pour un foyer d'une ville que vous n'aimez pas ?

— On peut dire ça comme ça.

— Vous savez vraiment monter des bibliothèques ?

— J'en ai déjà monté quelques-unes.

Elle l'observa un moment sans déceler en lui la moindre ambiguïté.

— D'accord. Nous ne pouvons pas nous permettre de refuser de l'aide. Mais à la moindre tentative de votre part pour parler à Barb, je vous flanque à la porte.

— A propos de Barb… j'aperçois Dave Johnson qui vient dans notre direction.

# Chapitre 11

Gideon sentit Zoe se raidir à côté de lui. Il lui prit le bras pour la rassurer et fut surpris qu'elle ne cherche pas à se dégager.

— Salut, Gideon, le héla Dave. T'as une minute ?

— Lâchez-moi immédiatement, marmonna Zoe.

Il s'exécuta, mais Dave avait surpris son geste et ne semblait pas content.

— Vous êtes bien Zoe McInnes ?

— Je suis sa sœur, Fiona.

Elle avait repris cette voix un peu plus grave et cette élocution plus lente dont elle avait fait usage chez Pieces. Gideon l'observa, mi-amusé, mi-intrigué.

— Fiona, connaissez-vous Dave Johnson ?

Elle sourit froidement sans tendre la main.

— C'est maintenant chose faite.

— Salut. Hum… Euh… je vous avais prise pour votre sœur.

— J'ai l'habitude.

Gideon se retint de sourire. Dave déshabillait Zoe du regard.

— En fait, de près, vous lui ressemblez nettement moins.

— Vraiment ? Nous sommes pourtant jumelles.

Dave se rapprocha de Zoe.

— Enfin, vous avez l'air différente. Plus délurée. Moins coincée. Vous êtes en ville depuis longtemps ?

— Pas assez longtemps pour m'être totalement décoincée, je le crains. Ravie d'avoir fait votre connaissance, Dave. Au revoir, Gideon.

Gideon ne la quitta pas des yeux jusqu'à ce qu'elle soit montée dans sa voiture. Il se tourna ensuite vers Dave, en proie à une jalousie totalement injustifiée mâtinée d'une bonne dose d'agacement.

— Je n'en crois pas mes yeux ! Tu as osé la draguer.

— Ben, elle est plutôt sympa, non ? Pas comme son emmerdeuse de sœur.

— Tu débloques complètement ! Tu es marié et ta femme loge dans le foyer dirigé par Zoe. Tu crois que ce sera bon pour toi quand elle apprendra que tu flirtes avec sa sœur ?

— Flirter avec une jolie fille, je vois pas où est le mal. Tu prends les choses trop à cœur, mec.

— Je suis ton avocat, *mec.* Prendre les choses au sérieux fait partie intégrante de mon travail. Surtout quand mon client se conduit comme un imbécile.

— Là tu pousses un peu, Gideon !

Gideon le dévisagea sans rien dire. Apparemment, il ne connaissait pas l'ami de son frère aussi bien qu'il l'avait cru.

Dave redevint sérieux.

— O.K., je me suis conduit comme un idiot… Je suis tellement inquiet à cause de Barb…

— Tu as une drôle de manière de le montrer.

— Je fais des conneries, quand je suis nerveux.

— Bon, passons. Tu me cherchais ?

— Non, mais j'avais l'intention de t'appeler. J'ai peut-être trouvé quelqu'un qui aurait vu Barb tomber de l'échelle.

— Vraiment ?

— Oui. Mme Kowalczyk. Elle habite derrière chez nous.

— Formidable. Comment l'as-tu trouvée ?

— J'ai parlé à tous mes voisins, en leur demandant s'ils se rappelaient avoir vu Barb sur une échelle, en train de nettoyer les gouttières. Mme Kowalczyk m'a dit que oui.

— Beau boulot. J'irai lui parler.

— Tu es obligé de le faire ?

— Bien sûr. Pourquoi ? Ça te dérange ?

— Elle est vieille. Il faut y aller mollo avec elle.

— Je sais comment m'y prendre avec les témoins. Même ceux du troisième âge.

— Oui, c'est bien pour ça que j'ai fait appel à toi. Tu es le meilleur, Gideon. Tu vas me sortir de cette histoire avec Barb.

Gideon vit la voiture de Zoe quitter le parking et tourner au coin de la rue.

— Je ferai de mon mieux, mais tu dois faire attention. Ce n'est pas en te mettant Zoe à dos que tu arrangeras ton affaire.

— T'emballe pas ! Je faisais juste un brin de conversation avec sa frangine. Depuis quand est-ce que tu es aussi bégueule ?

— Depuis que j'ai accepté d'assurer ta défense. Faire un brin de conversation avec la sœur de Zoe est vraiment une idée stupide.

— D'accord, d'accord, j'ai compris. Je me conduirai comme un saint, dorénavant.

— Bien. Je vais aller voir cette Mme Kowalczyk. Tu peux me donner son adresse ?

Quand Zoe regagna la maison de son père, Bree était en train de laver de la vaisselle.

— Alors, comment ça s'est passé ?

— Bien. Judy Baer a vendu beaucoup d'articles FeeMac.

— Fiona vient juste d'appeler. Elle pensait que tu étais déjà rentrée. On était un peu inquiètes, toutes les deux.

— Tiens ? Pourquoi ça ?

— Cette vente était censée durer deux heures, et ça fait quatre heures que tu es partie. Il aurait pu t'arriver Dieu sait quoi.

— Dans une ville louche et dangereuse comme celle-ci ?

— Il aurait pu y avoir un incident. Je peux te dire que nous nous sommes fait un sang d'encre.

Bree se laissa tomber sur une chaise.

— Quelqu'un a-t-il deviné que tu n'étais pas Fiona ?

Zoe se débarrassa de son sac à main, si peu en harmonie avec son style habituel.

— Une seule personne.

— Mince ! Qui ?

Avant de répondre, Zoe se servit un grand verre d'eau qu'elle but d'un trait. Le stress d'avoir dû jouer cette comédie, qui plus est sous l'œil de Gideon, l'avait épuisée.

— Gideon, avoua-t-elle en évitant le regard de sa sœur.

— Gideon Tate est allé à la boutique ?

— Il n'en a pas décollé de la matinée.

Zoe alla inspecter le contenu du réfrigérateur. Hamburgers, laitue et jelly… Pas vraiment de quoi préparer un véritable déjeuner.

— Il n'a pas arrêté de m'épier.

— Il l'a dit à Judy ?

— Non. Il n'a pas vendu la mèche et a fait comme si j'étais réellement Fiona. Mais il a deviné.

Il avait deviné à l'instant où il était entré dans la boutique. Zoe sentit son cœur s'emballer en se remémorant le moment où leurs regards s'étaient croisés.

— Pourquoi est-ce qu'il ne t'a pas démasquée ? Qu'est-ce qu'il veut ?

Zoe referma le réfrigérateur.

— Je n'en sais rien. Mais il va venir nous aider à monter des bibliothèques ce soir, au foyer.

— Tu l'as autorisé à venir au foyer ?

— Oui. Je ne vois pas où est le problème. Il paraît qu'il a déjà fait de la menuiserie.

— Tu laisses entrer un Tate au Safe Harbor, et tu ne vois pas où est le problème ?

— Tu as dis toi-même qu'il n'était pas comme son frère ni comme son père. Il s'est porté volontaire et nous avons besoin de bras.

Bree l'observa un moment avant de répliquer :

— C'est bien ce que je disais : il y a quelque chose entre vous. Sois prudente, Zoe.

— Je suis toujours prudente. Prudence est mon deuxième prénom.

*Surtout en matière d'hommes.*

— Je croyais que c'était « ravagée » !

— Enfin, Bree : nous serons au foyer, entourés d'au moins dix personnes. Que veux-tu qu'il arrive ?

— Dieu seul le sait. Ça fait toujours de l'effet de voir un homme travailler de ses mains.

— Je suis bien contente qu'il sache monter des bibliothèques. Voilà tout l'effet que ça me fait.

— Tu es bizarre, depuis que Gideon a débarqué. Tu ne te comportes pas comme d'habitude.

— Ah ? Et Comment suis-je, d'habitude ?

— Tu es prudente, réservée. Tu ne sors avec aucun homme. Et maintenant, voilà que tu embrasses ce type et que tu l'invites au foyer.

— Ce baiser était une erreur. Quant au foyer, c'est pour le boulot.

Bree étudia sa sœur de la tête aux pieds.

— C'est d'endosser le rôle de Fiona qui te rend aussi écervelée ?

Zoe effleura ses cheveux raides de gel. Elle avait toujours été la plus raisonnable des trois, celle qui faisait toujours ce qu'on attendait d'elle.

— Qui te dit que je n'aime pas ça ?

— Manifestement, j'ai toutes les raisons de me faire du mouron.

— Tu ne vois pas que je te fais marcher ?

— Ce n'est pas drôle !

Il était temps de changer de sujet.

— Jackson Grant et sa fille sont venus tout à l'heure acheter des bijoux. J'ai l'impression que Fiona et lui se connaissent plutôt bien. Tu sais quelque chose ?

— Rien de rien.

— En tout cas, Jackson a été adorable avec sa fille…

— Ils sont très unis.

— Ce doit être un bon père.

— Décidément, tu ne penses qu'à ça ! Je t'ai déjà dit qu'il ne m'intéressait pas. Ni lui ni aucun autre.

La voix de Bree montait dans les aigus, signe qu'elle commençait à s'énerver. Toutefois, au lieu de continuer à s'échauffer, elle inspira profondément.

— Occupe-toi de tes oignons, Zoe.

— Désolée. Vraiment. Tu as raison, je pense beaucoup trop aux hommes, ces temps-ci.

— Tu veux dire : à un homme en particulier. Sois prudente, promis ? Je ne veux pas te voir souffrir encore une fois.

— Tu n'as aucune raison de t'inquiéter. C'est juste un bénévole parmi d'autres.

*
* *

Gideon vint chercher Zoe chez elle.

— Je m'étonne encore que vous m'ayez autorisé à venir, dit-il en faisant marche arrière dans l'allée.

— Nous avons besoin de bras. Surtout s'il s'agit de quelqu'un qui a l'habitude de ce genre de travail. J'ai très envie de découvrir votre face cachée.

— C'est-à-dire ?

Gideon aimait le côté direct de Zoe. D'aucuns trouvaient peut-être cela déconcertant, mais lui appréciait sa franchise.

Et ce qu'elle ne disait pas, son attitude le révélait à sa place. La manière dont elle se serrait contre la portière disait assez qu'elle voulait éviter tout contact accidentel lors des changements de vitesse.

— C'est-à-dire qui vous êtes vraiment, répondit-elle enfin. Un Tate au Safe Harbor, c'est plutôt paradoxal. Vous voir donner un coup de main au foyer, ça doit ressembler à un épisode de *La Quatrième Dimension*.

— C'est la première fois qu'on me traite de phénomène surnaturel.

— Je ne dirais pas surnaturel. Bizarre, peut-être. En tout cas, inexplicable.

Gideon lui-même ne savait pas au juste pourquoi il avait proposé son aide. Par curiosité, sans doute. Observer Zoe dans le foyer qu'elle avait créé et qu'elle dirigeait lui permettrait peut-être de mieux la connaître. Et d'aider Dave plus efficacement.

Pour tout dire, sa décision lui avait plus probablement été dictée surtout par l'ennui. Tourner en rond dans Spruce Lake sans aucune autre occupation que les visites à l'hôpital le rendait dingue.

Bref, s'il avait offert son aide à Zoe, ce n'était pas par envie de passer plus de temps avec elle.

— Allons-nous devoir construire ces bibliothèques à partir de zéro ?

— Non. Un magasin de meubles de Sturgeon Falls nous a fait don de quatre meubles. Il n'y a plus qu'à les monter. Pour cela, il nous faut quelques outils et des gens qui sachent les manier. J'ai donc pensé que nous pourrions le faire en groupe. Nos bénévoles et généreux donateurs seront là, ainsi que deux anciennes résidentes du foyer.

Sur les indications de Zoe, Gideon se gara devant une immense maison qui semblait synthétiser plusieurs styles différents.

— C'est là ?

— Oui. L'extérieur est un peu chargé, à cause du goût des anciens propriétaires, mais l'intérieur est très spacieux.

— Je ne cherchais pas à critiquer ; je suis très impressionné.

— C'est le bazar, mais c'est comme ça. C'est *mon* bazar.

Zoe alla prendre sa boîte à outils sur la banquette arrière. Gideon la lui prit et leurs mains se frôlèrent. Négligeant la décharge qu'il avait ressentie dans le bras, il affecta de contempler l'architecture ingrate du bâtiment. Ça le distrayait de son envie de la toucher.

En entrant, ils furent accueillis par un brouhaha de conversations. Le salon, situé sur la droite, était occupé par plusieurs femmes et enfants ainsi que par deux hommes. Les bibliothèques en question semblaient avoir déjà bien vécu, mais elles étaient robustes et propres. Les murs étaient ornés de reproductions d'œuvres impressionnistes célèbres et d'autres plus contemporaines.

— Bonsoir, tout le monde ! dit Zoe. Je vous présente Gideon. Il est venu nous aider ; il a déjà monté des bibliothèques.

— Salut, Gideon ! répondit l'assemblée.

Parmi les personnes présentes, il reconnut l'avocate de Zoe et un policier de la ville. Comme l'avocate semblait s'étonner de sa présence, Zoe lui répondit d'un haussement d'épaules.

— Vous pouvez poser votre veste dans mon bureau, lui proposa-t-elle en ouvrant une porte dans le couloir.

Cette pièce offrait un contraste frappant avec le salon bien ordonné. Des papiers ainsi que des livres couvraient son bureau et occupaient deux chaises. Des dessins d'enfants semblables à ceux qu'elle avait chez elle étaient punaisés aux murs, et des photos de femmes et d'enfants occupaient un panneau de liège accroché au-dessus du bureau.

Zoe suspendit son manteau à une patère. Au moment où elle tendit la main pour lui prendre sa veste, Gideon aperçut la naissance de ses seins par le décolleté en V de son pull.

Surprenant la direction de son regard, elle s'immobilisa un instant, avant de corriger sa position.

— Allez, au boulot ! s'exclama-t-elle avec entrain en prenant la direction du salon.

Il devait bien admettre qu'elle avait le sens de l'organisation. Après avoir désigné quatre responsables, un par bibliothèque, elle forma autant d'équipes pour les aider. Flatté d'être l'un des quatre chefs d'équipe, Gideon étala vis et chevilles par terre,

Tout en lisant la notice de montage, il observa Zoe. Elle embrassait les enfants, avait un mot pour chacun, plaisantait et riait avec les bénévoles. Elle encourageait les résidentes, les réconfortant d'une tape sur l'épaule, d'une pression sur le bras. Ses pensionnaires n'étaient pas difficiles à identifier : elles avaient toutes le même air figé, comme si elles avaient oublié comment sourire.

Barb Johnson faisait partie d'un autre groupe que le sien. Le plus éloigné, évidemment. Elle semblait porter toute la misère du monde sur ses épaules. Dave lui avait-il dit la vérité ? Il faudrait qu'il passe voir cette Mme Kowalczyk le plus tôt possible.

Zoe était stupéfiante. Si elle n'avait pas été son ex-belle-sœur, il se serait intéressé à elle. Mais n'était-il pas déjà attiré ? C'était au point qu'il se sentait coupable chaque fois qu'il la regardait.

Il s'efforça de se concentrer sur les planches de pin disposées devant lui.

Lorsque tout fut terminé, même les résidentes étaient détendues et souriantes. Tout le monde recula de quelques pas pour admirer le travail puis on plaça les bibliothèques contre les murs. Zoe s'avança au milieu de la petite assemblée.

— Merci à tous pour ce beau travail. Cette semaine, nous remplirons ces étagères avec les livres qu'on nous a donnés.

Elle enlaça une petite fille qui se tenait à côté d'elle.

— Je crois qu'il y a encore des Harry Potter dans les cartons, Ashley. Tu as fini le premier ?

— Oui ! répondit la fillette avec un grand sourire. J'ai hâte de lire le deuxième tome.

— Je t'aiderai à le trouver dans les cartons tout à l'heure, si tu veux.

Une femme extrêmement maigre enlaça à son tour la fillette.

— Je le chercherai avec elle, Zoe. Vous avez sûrement mieux à faire un samedi soir.

Elle jeta un coup d'œil en direction de Gideon avec un sourire timide.

Zoe détourna le regard.

— Merci, Sue. Les cartons sont dans le garage.

Les résidentes semblaient toutes fières et heureuses du travail accompli. Gideon aurait voulu que cette soirée ne se termine jamais.

— Tout ça m'a donné faim, fit-il remarquer. Si on se commandait des pizzas pour fêter cette belle ouvrage ?

# Chapitre 12

— Merci encore d'être venu nous donner un coup de main, dit Zoe en ouvrant la porte de sa maison. Vous avez été d'une aide précieuse.

Gideon la suivit à l'intérieur.

— C'est la phrase type que vous servez à tous les bénévoles ? Vous auriez pu dire que vous n'auriez pas su quoi faire sans moi, ou que vous n'avez jamais vu de travail aussi bien fait.

Etait-il en train de la taquiner ?

— Je dois reconnaître que vous savez manier le marteau, répondit-elle en fermant la porte. Et que vous êtes un magicien du tournevis.

Sans parler de la gentillesse et des attentions dont il avait fait preuve envers les femmes du foyer. Et de la manière dont il avait su faire rire les enfants…

— Je sais aussi me servir d'autres outils.

Elle ne put s'empêcher de s'esclaffer devant son air sérieux.

— Je tâcherai de m'en souvenir ! On ne me l'avait plus faite depuis le lycée !

Elle n'avait pas prévu de le laisser entrer chez elle. Il aurait fallu le remercier et lui souhaiter bonne nuit sur le pas de sa porte. Or, ce soir, ses idées préconçues sur Gideon Tate s'étaient effondrées. Cette soirée avait attisé la curiosité qu'il éveillait en elle.

— Voulez-vous une bière ? un verre de vin ?

— Je veux bien une bière.

Quand elle revint de la cuisine avec une bière pour lui et un verre de vin pour elle, Gideon était en train d'examiner les dessins sur le mur.

— C'est la fillette qui voulait lire la suite de Harry Potter qui a fait celui-ci ?

Il lui montra un dessin où un bonhomme à lunettes rondes brandissait une baguette.

— Oui, c'est Ashley. Harry Potter doit être le premier livre qu'elle lit uniquement pour le plaisir.

— Vous m'avez impressionné, ce soir. De plus d'une manière.

— Vil flatteur…

La façon dont il soutenait son regard la mit mal à l'aise.

— Vous avez su établir un lien avec toutes ces femmes. Elles vous adorent.

— C'est la première fois depuis longtemps qu'elles n'ont pas peur sous le toit où elles vivent, voilà tout.

— Hmm.

Gideon posa sa bière sur la table basse et s'assit sur le canapé.

— Qu'y a-t-il entre votre avocate et le flic qui était là ? Pourquoi les avez-vous mis dans le même groupe ? Ils n'ont pas cessé de se chamailler.

Heureuse de ce changement de sujet, Zoe s'assit à son tour, dans un fauteuil face au canapé.

— Helen et Jamie ? Ils s'intéressent l'un à l'autre mais aucun des deux ne fait le premier pas. J'essaie juste de les rapprocher.

— Vous êtes donc romantique. Je n'aurais jamais cru cela de vous.

— C'est facile d'être romantique, quand il s'agit de la vie des autres.

— Mais pas quand il s'agit de la vôtre.

— Je suis réaliste…

En l'observant un instant, décontracté sur le canapé, elle se rappela les muscles qu'elle avait sentis rouler sous sa peau l'autre soir. Il fallait vraiment qu'elle soit réaliste en ce qui concernait Gideon !

— Je suis sûre que vous l'êtes, vous aussi.

— Je me surprends beaucoup, ces temps-ci.

Il étendit ses jambes de part et d'autre des siennes et les emprisonna un instant. Puis il la relâcha. Zoe se remit à respirer sans qu'il paraisse s'apercevoir de rien.

Qu'entendait-il par « Je me surprends beaucoup » ? Mieux valait ne pas tenter de le comprendre.

— Parlez-moi de votre enfance à Spruce Lake, dit-elle pour se raccrocher à quelque chose.

— On est sur la défensive, hein ?

— Que voulez-vous dire ?

Il se redressa sur le canapé en lui emprisonnant de nouveau les jambes.

— Le meilleur moyen de détourner de soi les attentions indésirables de son interlocuteur, c'est de lui poser une question difficile.

— Quelles attentions indésirables ? Vous croyez

que je crains de défaillir au moindre contact ? de m'abandonner sans défense entre vos mains ?

— J'ai vu ce soir une facette de vous que je ne connaissais pas encore. Une facette que je vous soupçonne de cacher soigneusement, sauf quand vous êtes au foyer.

Il lui caressa le dos de la main.

— Qui sait où cela peut nous mener ?

Elle voulut lui rire au nez, mais le son qu'elle émit ressembla à un gémissement.

Il stoppa ses caresses, lui prit la main et déposa un baiser sur son poignet tout en disant :

— Ayons-en le cœur net.

Elle sentit sa voix vibrer contre sa peau, éveillant un écho dans d'autres parties de son corps.

— Comme vous pouvez le constater, je suis loin de défaillir.

A ceci près que sa voix tremblait. Gideon sourit.

— Je vais essayer autrement.

Il effleura son poignet de la pointe de la langue. Elle sentit son ventre se crisper et se mordit la lèvre pour ne pas gémir.

Gideon releva les yeux sans décoller ses lèvres de son poignet.

— Vous sentez quelque chose ?

— N… non.

Elle avait une folle envie de lui sauter sur les genoux et de l'embrasser !

— Vous devez avoir raison : je ne vous fais aucun effet. Je dois encore parfaire ma technique.

Zoe libéra sa main de la sienne et se recula dans son fauteuil.

— Absolument aucun effet.

— Bien. Que vouliez-vous savoir à propos de mon enfance ?

— De votre enfance ?

Elle ne pensait plus qu'au désir qu'exprimait tout son corps.

— Vous m'avez posé une question, lui rappela-t-il.

Elle crut voir une lueur amusée dans son regard.

— Absolument. A Spruce Lake, quand vous étiez petit.

— Ma mère et moi y avons vécu jusqu'à l'année de mes douze ans. Quand elle a annoncé à mon père que nous quittions la ville, il s'est mis en colère, alors qu'à l'époque je ne le voyais pourtant que deux week-ends par mois. J'aimais bien voir mon frère, mais je ne connaissais pas très bien la mère de Derrick. C'était une femme discrète et peu bavarde.

— Vous êtes donc parti avec votre mère.

Le désir se calmait peu à peu et elle se ressaisissait.

— Oui. Mon père aurait voulu que je reste avec lui. Il est devenu furieux lorsque je lui ai annoncé que je suivais ma mère. Il m'a dit que, si je partais, je n'aurais plus jamais le droit de revenir et de les revoir, Derrick et lui.

Songeant aux scènes terribles que faisait autrefois son propre père, Zoe prit la main de Gideon.

— Il vous a demandé de choisir entre votre mère et lui ?

— Et j'ai choisi ma mère, naturellement. Cela me contrariait de devoir renoncer à mon frère, mais je connaissais à peine mon père. Je n'étais jamais à l'aise en sa compagnie, ni chez lui.

— Pourquoi n'êtes-vous pas venu au mariage ? Je vous avais envoyé une invitation.

Elle pensait que Derrick serait heureux de revoir son frère.

— J'avais l'intention de venir. On m'en a dissuadé.

— Derrick vous a dit de ne pas venir ?

— Non, mon père.

— Vous lui avez obéi ? Derrick et vous étiez pourtant des adultes. Pourquoi n'avoir pas dit à Wallace de se mêler de ses affaires ?

— Derrick ne voulait pas entendre parler de moi. Wallace avait dû lui raconter que j'étais le diable en personne.

— Derrick faisait toujours ce que son père lui disait de faire.

— Même après votre mariage ?

Elle essuya ses mains soudain moites sur son jean.

— Même à ce moment-là. Wallace devait encore vous en vouloir d'être parti.

— Il n'est pas content que je sois revenu non plus. Ni que je sois en position de supériorité par rapport à lui.

— Il devrait être content, au contraire, que vous vous soyez porté spontanément à son secours.

— Je n'attends absolument rien de lui, pas même de la gratitude. J'agis par sens du devoir, c'est tout.

— Mais vous avez eu le courage de faire le premier pas. C'est admirable.

Gideon se leva et désigna la cheminée.

— Voulez-vous que je fasse du feu ?

— Ça fonctionne au gaz. Il suffit de tourner un bouton. Je ne suis pas douée pour faire du vrai feu. Il y a toujours un maximum de fumée et un minimum de flammes.

— C'est ce qui arrive quand le conduit de la cheminée n'est pas assez chaud, répondit Gideon en se tournant vers elle.

Zoe se sentait mal à l'aise. Les joues en feu, la fièvre au corps, elle le regarda allumer le gaz. Lorsque ce fut fait, il lui prit la main et l'entraîna sur le canapé avec lui.

— Vous savez tout ce que vous vouliez savoir sur mon enfance ?

Non, elle aurait voulu en savoir davantage sur lui.

— Quand avez-vous décidé de devenir avocat ?

— Vous voulez vraiment le savoir ? Lors de votre procès. Vous aviez été acquittée alors que vous aviez tué mon frère et ça, c'était vraiment dur à digérer. J'ai donc fait mon droit, puis je suis entré au cabinet du procureur de Milwaukee.

Elle ne put s'empêcher de rire.

— C'est donc à cause de moi que vous êtes devenu

avocat ? Et nous voilà maintenant adversaires dans le dossier Barb Johnson… C'est ce qui s'appelle l'ironie du sort.

— En effet. Sinon, comment me serais-je retrouvé dans votre salon, à prendre un verre avec vous ?

— Qui l'eût dit ?

Il avait posé une main sur son épaule et ses doigts frôlaient dangereusement son sein. Il suffisait qu'elle gonfle un peu la poitrine pour que les deux entrent en contact.

— Vous êtes la dernière femme par laquelle j'aurais dû être attiré. Je ne suis pas censé pouvoir éprouver quoi que ce soit pour vous.

— Je sais. C'est comme pour moi.

— Je n'éprouve rien pour vous, d'ailleurs.

Ses doigts effleurèrent brièvement sa poitrine. Accidentellement, sans doute.

— Moi non plus, je n'éprouve rien pour vous. Ni pour les Tate en général.

Elle bougea légèrement, juste assez pour renouveler le contact avec sa main.

— Alors, que faisons-nous ici ?

— Nous prenons un verre en admirant le feu, c'est tout.

— Vraiment ?

Gideon se pencha ; il touchait presque son oreille. Il était maintenant si près qu'en tournant la tête elle aurait amené ses lèvres contre les siennes.

— Nous devrions peut-être examiner cette hypothèse de plus près.

Zoe était tellement troublée qu'elle en oubliait de respirer.

— J'ai toujours penché pour la méthode scientifique, répliqua-t-elle.

— C'est bon à savoir.

Leurs lèvres n'étaient plus séparées que par quelques centimètres. Gideon prit son visage entre ses mains et posa ses lèvres sur les siennes.

Ce n'était pas vraiment un baiser, mais elle se mit à trembler. Elle sentit qu'il hésitait, puis il l'embrassa de nouveau.

Contrairement à la première fois, il l'embrassa avec douceur. Un désir brûlant envahit Zoe. Il y eut un gémissement. Venait-il d'elle ? Elle l'enlaça, avide de sentir son torse contre ses seins et la dureté de ses muscles contre la souplesse de son corps.

Le baiser se prolongea et leurs mains partirent en exploration. Gideon l'allongea sur le canapé et elle l'attira vers elle. Lorsqu'elle glissa ses mains sous son pull, il se figea et resta ainsi, au-dessus d'elle, à l'observer, tandis qu'elle explorait ce torse, ces muscles et le duvet qu'elle avait vu le soir où elle l'avait interrompu durant sa séance de boxe.

— J'ai eu envie de vous toucher, ce soir-là. Le soir où vous veniez de boxer… J'ai bien cru que j'allais perdre la tête.

Comme elle caressait la pointe de ses tétons, Gideon l'attira contre lui sans ménagement et l'embrassa, l'entraînant dans une zone sombre et ardente où plus rien n'existait que sa bouche, sa langue, ses mains qui découvraient ses seins.

Il releva son pull, s'arrêtant un instant pour admirer son soutien-gorge.

— J'aime la dentelle noire, surtout avec toi dedans, dit-il en se penchant pour embrasser la pointe d'un sein à travers l'étoffe.

A peine ses lèvres touchèrent-elles ses seins qu'elle se cambra contre lui avec un cri. Il tâtonna un peu avant de dégrafer le soutien-gorge.

— De toute beauté…

Ses mains se mirent à dessiner des cercles sur et autour de ses seins, se rapprochant de la pointe sans jamais la toucher.

— Touche-moi, Gideon… Je t'en prie…

Elle avait faim de lui et reconnaissait à peine sa voix. Elle l'entoura d'une jambe pour l'attirer contre elle. Il se cala entre ses cuisses et elle sentit son sexe gonflé sous son jean.

Comme il prenait un sein dans sa bouche, elle articula son nom en sanglotant. Puis, les mains tremblantes, elle lui retira son pull et voulut défaire sa ceinture. Mais il était si étroitement pressé contre elle et occupé à caresser ses seins qu'elle n'y parvint pas.

— Viens pour moi, Zoe, murmura-t-il tout en se frottant contre elle. Je veux te voir jouir.

Ces mots achevèrent de l'exciter et elle bascula dans un spasme, s'accrochant à lui durant toute la vague de plaisir. Quand tout fut fini, il lui prit le visage.

— On dirait que tu éprouves quand même quelque chose pour moi.

— Pourquoi as-tu fait ça, Gideon ? Je n'étais… pas toute seule.

— Tu n'imagines pas comme c'est excitant pour moi de penser que c'est moi qui t'ai fait jouir comme ça.

Puis il cala sa joue déjà râpeuse d'une barbe naissante contre la sienne.

— Nous avons toute la nuit devant nous, et ce ne sera pas trop.

Il lui retira son pull et son soutien-gorge. Ils étaient maintenant torse nu tous les deux.

— Pas mal, mais j'aimerais encore mieux te voir sans le pantalon.

Il retira le sien, qui glissa le long de ses jambes musclées. Il avait le ventre plat et son érection tendait son boxer de soie.

Derrick portait les mêmes.

Ce fut comme une douche froide, pour Zoe. Qu'était-elle en train de faire ? Comment avait-elle pu cesser de garder ses distances avec Gideon, de se contrôler, et se retrouver en train de faire l'amour avec lui ?

Elle se redressa et s'assit brusquement en rougissant.

— Qu'y a-t-il ? s'étonna Gideon en s'asseyant près d'elle.

Il l'entoura de son bras.

— Tu as froid ? Tu as des remords ?

— Ce serait vraiment ignoble de ma part.

— Il n'est pas interdit de changer d'avis.

Elle tremblait, à présent, et savait que ce n'était plus de désir. Gideon la relâcha.

— Ce n'est pas grave, Zoe. Je comprends parfaitement.

— Arrête de jouer les chic types ! Tu pourrais te mettre en colère, hurler, ou je ne sais quoi.

Elle se serait sentie moins coupable.

Il la regarda un instant, puis lui tendit son pull. Elle se leva et l'enfila sans même prendre la peine de ramasser son soutien-gorge qui gisait par terre. Gideon se leva pour se rhabiller à son tour.

— Tu veux que je m'en aille ?

Non, elle ne voulait pas qu'il parte. Elle aurait voulu qu'il reste, mais c'eût été égoïste.

— Ce serait peut-être mieux. Je suis désolée, Gideon.

Elle lui caressa la joue.

— Oui, moi aussi.

Il effleura son buste du bout des doigts, s'attardant sur la pointe encore dressée d'un sein.

— Mais je peux attendre que tu sois prête.

— Ça fait longtemps que… Je n'ai connu personne depuis…

Depuis Derrick. Elle ne l'avait jamais dit à personne. Elle ne voulait pas lui apparaître vulnérable, lui laisser voir ses faiblesses, mais elle lui devait bien ça, à lui qui se montrait si généreux.

— Vraiment ? Dans ce cas, nous prendrons le temps qu'il faudra.

Il la prit dans ses bras et l'embrassa avec douceur

et passion à la fois. Zoe sentit le désir se raviver en elle comme en lui.

— Ça va aller? demanda-t-il en mettant fin au baiser.

— Oui. Mais c'est vrai que j'ai envie de toi.

— Il faut que j'y aille. Immédiatement. Sinon, je ne réponds plus de rien.

Zoe eut l'impression qu'une brèche s'ouvrait dans la forteresse de son cœur. Une brèche qu'elle n'était pas sûre de vouloir refermer. Avant qu'elle puisse analyser le mélange de peur et d'envie qui se le disputaient en elle, son téléphone sonna et elle se précipita sur son sac pour le chercher.

— Allô!

— Il faut que tu rappliques immédiatement, lui annonça Sharon, la responsable du foyer.

— D'accord, j'arrive.

Au moins, elle n'avait plus à se demander si elle devait laisser partir Gideon. Etait-elle soulagée ou déçue de cette solution inopinée apportée à son dilemme?

— Je dois aller au foyer.

— A cette heure-ci?

— La police a dû nous amener quelqu'un. Ils veulent toujours parler à un responsable sans attendre.

— D'accord, je vous emmène.

— Vous n'êtes pas obligé de le faire, Gideon. J'ai déjà suffisamment gâché votre soirée comme ça.

— Oui, c'est vrai, mais j'adore ça. Prenez vos affaires et allons-y.

Elle le trouvait de plus en plus attendrissant.

— Je connais la route par cœur. Je pourrais pratiquement y aller les yeux fermés.

— Pas après ce qui vient de se passer, dit-il en lui prenant la main.

— Il faut bien que je prenne ma voiture, si je ne veux pas rentrer chez moi à pied.

— Alors je vous suis avec la mienne, pour être sûr que vous arrivez sans encombre.

D'habitude, c'était elle qui veillait sur les autres. Personne ne s'était jamais occupé d'elle.

— Je veux bien, Gideon.

# Chapitre 13

Zoe buvait un thé, dans la cuisine, chez son père. Bree ingurgitait son énième café et Fiona, qui ne buvait rien, tambourinait sur la table.

— Je suis contente que tu sois revenue, lui dit Zoe.

— Je voudrais pouvoir en dire autant, mais je n'aime pas mentir.

— Papa n'est plus là, intervint Bree. Il ne peut plus nous faire de mal.

— Je sais.

Fiona se leva d'un bond et se mit à tourner en rond dans la petite cuisine.

— Mais il y a trop de souvenirs, ici. Trop de trucs. Je pensais avoir tourné la page sur tout ça, mais on dirait que je me suis trompée.

— Une fois la maison nettoyée, on pourra toutes rentrer chez nous, dit Zoe.

Cette idée la déprimait. Elle aurait voulu avoir ses sœurs auprès d'elle, plutôt que d'être ainsi séparées.

— Tant mieux, reprit Fiona. J'ai vu que vous n'avez pas chômé pendant mon absence ; je vais tâcher de me rattraper.

— En tout cas, dit Bree en souriant par-dessus son café, Zoe ne s'est pas ennuyée.

Fiona se rassit.

— Je sais. Merci encore de m'avoir remplacée à la boutique. Ça m'a vraiment aidée.

— J'étais un peu nerveuse, au début, mais tout le monde m'a prise pour toi…

*Enfin, presque tout le monde.*

— … et j'ai vendu une montagne de bijoux.

— Je ne faisais pas allusion à ton apparition chez Pieces, précisa Bree. Mais puisque tu en parles, rappelle-toi que tout le monde n'a pas été dupe de ton déguisement.

— Hum, Gideon, en effet, s'est rendu compte que je n'étais pas toi, Fiona.

— Oh, non ! Il l'a dit à Judy ? Il a fait une scène ?

Alors que Zoe réfléchissait à la manière de détourner la conversation de ce sujet épineux, Bree répondit à sa place :

— Non, il a joué le jeu. Ensuite, il est venu au foyer pour aider à monter des bibliothèques.

— Tu l'as amené au Safe Harbor ? s'étonna Fiona.

— Il a proposé son aide. Un tas de gens nous aident bénévolement, il n'y a pas de quoi en faire une histoire.

— Et ensuite ? demanda Bree. Il t'a déposée devant chez toi ou il est entré ? Nous voulons tout savoir.

— Il n'y a rien à savoir.

Malgré son ton catégorique, Zoe sentit qu'elle rougissait et se trahissait.

— Je ne sais pas ce que tu en penses, Fiona, mais ça fait tellement longtemps que je n'ai pas eu un homme dans ma vie que j'ai pratiquement oublié comment ça marche. Tu es la seule à être encore dans le coup, Zoe.

Zoe soupira.

— Il a acheté des pizzas pour tout le monde au foyer. Ensuite, il m'a ramenée chez moi et nous avons pris un verre.

— Et après ? demanda Fiona, visiblement captivée.

— Après, j'ai reçu un appel du foyer et j'ai dû y aller. Jesse Halvorsen avait menacé sa femme au téléphone et elle avait piqué une crise. J'ai passé le reste de la nuit là-bas.

— On voudrait savoir ce qui s'est passé entre le verre et le coup de fil, insista Bree.

— Des trucs qui n'auraient pas dû se passer, marmonna Zoe.

— C'est vrai ? s'exclama Bree en manquant de renverser son café.

— Zoe ! glapit Fiona. Ce type est le frère de Derrick !

— Gideon n'est pas Derrick. Je n'ai pas peur, avec lui.

Elle avait seulement peur de ce qu'elle commençait à éprouver pour lui.

— Je ne parle pas de violence physique, reprit

Fiona. Je sais que tu ne retomberais pas dans cette erreur. Mais il y a d'autres manières de souffrir.

Zoe observa un instant sa jumelle.

— Toi, Fiona, tu ne t'ouvres pas à grand monde. Personne ne peut t'approcher suffisamment pour te faire souffrir.

— Je n'ai pas envie de souffrir.

— Si personne ne peut te faire souffrir, personne ne peut te rendre heureuse non plus.

— Je me rends heureuse toute seule.

Fiona avait adopté ce mode de fonctionnement depuis longtemps à cause de leur père, songea Zoe.

— Je veux simplement dire que, parfois, il faut savoir prendre des risques.

— Comme toi avec Gideon Tate ?

— Peut-être… De toute manière, il ne peut pas se passer grand-chose entre lui et moi. Il repartira quand son père ira mieux. Ma vie à moi est ici. Ça se terminera peut-être par une petite aventure sans lendemain.

— Toi ? s'étonna Bree. Avoir une petite aventure sans lendemain ? J'aimerais bien voir ça ! Es-tu seulement sortie avec un homme depuis la mort de Derrick ?

— Bien sûr.

— Quand je parle de sortir, je ne veux pas dire dîner au restaurant une fois par an avec quelqu'un. Je veux parler d'une relation sentimentale. Et de coucher.

— De quel droit vous vous permettez de critiquer ma vie affective, toutes les deux ? La vôtre est donc si parfaite ? Toi, Bree, tu dis ne plus vouloir entendre parler des hommes sous prétexte que tu n'assumes pas ce que tu as fait dans ta jeunesse. Quant à toi, Fiona, tu es tellement distante avec les gens que tu n'arrives même pas à passer deux semaines avec tes sœurs. Vous n'avez pas le droit de me critiquer sous prétexte que j'ai l'intention de prendre un peu de bon temps avec un homme !

— Il ne s'agit pas de nous, répliqua Bree. Il s'agit de toi.

— On serait contentes que tu sortes avec quelqu'un, ajouta Fiona. Mais cet homme-là est justement le frère de celui qui te battait.

— Tu crois que je ne suis pas au courant ? Je ne sais même pas où j'en suis avec lui. C'est trop compliqué… Et si on parlait de vous, pour changer ? Bree, est-ce que tu es allée au lycée te renseigner sur ce poste de remplaçante ?

— Eh bien oui, figure-toi. Je suis inscrite sur leur liste d'attente et ils m'ont dit qu'on ne devrait pas tarder à m'appeler.

— Et pour le poste de Barb Johnson ?

— Ils ont déjà trouvé quelqu'un…

— Tu vois ? Tu aurais dû te présenter plus tôt. Tu…

— Je sais, Zoe. J'ai laissé passer ma chance. Inutile de me le faire remarquer.

Zoe soupira. En tant que remplaçante, Bree n'aurait pas de couverture sociale. Or, elle en avait grand besoin. Si le problème cardiaque de Charlie avait été réglé par une opération quelques années auparavant, il devait encore subir tous les ans des tests coûteux.

— Excuse-moi. Je me fais du souci pour toi.

— Je sais, mais j'ai l'habitude de m'occuper seule de Charlie et de moi-même depuis des années.

Au même moment, la porte qui donnait sur l'extérieur s'ouvrit et Charlie fit son entrée.

— Salut, m'man. Salut, les taties.

— Bonjour, mon grand. Ta journée s'est bien passée, au collège ?

— Tu parles ! Trop bizarre.

L'adolescent prit une pomme dans le frigo et vint se coller contre sa mère.

— Bizarre ? Comment ça ?

— Les flics sont venus. Ils avaient des chiens. Ils leur ont fait renifler tous les casiers.

— Ils ont amené des chiens pour chercher de la drogue au collège ? s'exclama Zoe, scandalisée.

— Ils m'ont fait ouvrir mon casier.

— Quoi ? fit Bree.

— Ils ont regardé mes affaires et m'ont posé des questions sur mon inhalateur. Je leur ai parlé de mon truc au cœur.

— Tu ne leur as pas dit que l'infirmière du collège avait ton autorisation concernant cet inhalateur ?

Comme Bree donnait des signes d'affolement, Zoe posa une main sur son bras pour la calmer. Charlie ne semblait pas avoir été traumatisé par cet incident. Inutile de l'inquiéter *a posteriori*.

— Mlle Wilson le leur a dit. Il y avait un vieux flic. Elle lui a dit qu'il n'avait pas le droit de faire peur aux jeunes comme ça. Je crois que ça n'a pas plu au vieux.

— Je veux bien te croire, dit Bree en lançant un regard à Zoe. Heureusement que l'infirmière avait les papiers.

— Tous les autres ont trouvé ça cool, que les flics fouillent mon casier. Personne n'a eu peur.

Après avoir jeté son trognon de pomme, Charlie retourna au réfrigérateur d'où il sortit une bouteille de yaourt à boire.

— Ils m'ont demandé si je faisais partie d'une bande, à Milwaukee.

— Une bande ?

— J'ai répondu qu'il n'y avait pas de bandes là où on vivait.

— Excellente réponse, mon grand. Tu veux faire un petit jeu vidéo avant de t'attaquer à tes devoirs ?

— Non. Faut que je nettoie les cages des serpents.

Sur ces mots, il monta dans sa chambre après avoir pris une deuxième pomme.

Les trois sœurs se regardèrent.

— Ray Dobbs va entendre parler de moi, annonça Bree.

— Je t'accompagne. Heureusement que Charlie est un gosse intelligent et qu'il a gardé son sang-froid.

— Du calme, vous deux, intervint Fiona. Charlie n'a pas été traumatisé par l'incident. Il s'est fait remarquer de ses camarades par autre chose que son intelligence. Si vous faites un esclandre, il risque de perdre ce bénéfice.

Bree soupira.

— C'est pourtant vrai, tu as raison, Fiona. Mais j'aimerais quand même dire deux mots à Dobbs.

Fiona secoua la tête.

— Vous comprenez maintenant pourquoi je n'aime pas venir ici ? Dans cette ville où le chef de la police peut s'en prendre à un gosse pour nuire à sa tante ? Et toi, Zoe, tu voudrais me faire croire que les choses ont changé à Spruce Lake ?

Gideon se gara devant une petite maison de style Cape Cod. Les planches de la façade étaient lépreuses, l'escalier et le porche branlants et tous les rideaux tirés.

Lui qui comptait sur Mme Kowalczyk, l'unique témoin de l'accident de Barb Johnson…

Après avoir sonné, il entendit un pas traînant à l'intérieur. Au terme d'une longue attente, la porte s'ouvrit sur une femme aux cheveux blancs, appuyée sur un déambulateur.

— Madame Kowalczyk ? Je suis Gideon Tate, l'avocat de Dave Johnson. Il vous a avertie de ma visite.

— Dave Johnson ?

— Votre voisin. La maison juste derrière.

— Ah oui… Ce jeune homme qui est venu l'autre jour. Il m'a rentré les poubelles et est allé me chercher mon courrier.

— Dave est un garçon attentionné. Puis-je entrer quelques instants pour vous parler ?

— Sûrement pas ! Je ne sais pas qui vous êtes. Ma fille se mettrait dans tous ses états, si je vous laissais entrer.

— Elle est là ? Puis-je lui parler ?

— Non, elle ne vit pas ici. Elle habite à l'autre bout de la ville, mais elle passe me voir presque tous les jours.

— Dans ce cas, je resterai sous le porche. Vous permettez que je vous pose quelques questions ?

— Des questions ? A propos de quoi ?

— A propos de Dave et de sa femme.

— Ce jeune homme est marié ?

Gideon commençait à avoir un sombre pressentiment concernant le témoignage de Mme Kowalczyk.

— Dave m'a dit que vous aviez vu sa femme tomber d'une échelle dans leur jardin. Vous en souvenez-vous ?

— Je n'ai pas vu d'échelle. Où habitent-ils, dites-vous ?

Gideon sourit à la vieille dame tout en maudissant intérieurement son client.

— Je vous remercie, madame Kowalczyk. Vous m'avez été d'un grand secours. Je vous suis très reconnaissant.

— Je vous en prie, mon garçon.

— Et n'oubliez pas de refermer votre porte à clé.

— Je ferme toujours à clé.

— Tant mieux.

Gideon attendit d'avoir entendu tirer le verrou avant de retourner vers sa voiture. Il sortit son téléphone et composa le numéro de Dave.

— Dave, qu'est-ce que tu mijotes ?

— Gideon ? Qu'est-ce que tu racontes ?

— Je viens de voir Mme Kowalczyk. Comment lui as-tu fait dire qu'elle avait vu Barb sur une échelle ?

Il y eut un silence.

— Ben, euh... je lui ai posé des questions.

— La seule chose dont elle se souvienne, c'est que tu es un jeune homme aimable qui lui a rentré ses poubelles et est allé lui chercher son courrier. Elle ne sait même pas qui est Barb.

— Elle avait pourtant l'air de le savoir, quand je lui ai parlé.

Dave semblait sur la défensive.

— Il faut qu'on se voie, Dave. Et rapidement.

Zoe aurait-elle raison ? Dave avait-il frappé sa femme ?

Et, dans ce cas, lui-même n'aurait-il pas intérêt à se poser des questions sur son prétendu flair ?

Il ne pouvait manifestement plus compter dessus. Son flair avait cessé de fonctionner à l'instant où il était entré au poste de police et avait aperçu Zoe derrière les barreaux.

— Tu crois que je l'ai frappée ? demanda Dave. Je te jure que non. J'ai jamais levé la main sur Barb.

— On en parlera plus tard. Je te rappelle.

Pour le moment, Gideon était trop énervé par Dave pour être objectif.

*
* *

Zoe commençait à avoir mal aux jambes et ses poumons la brûlaient d'avoir inspiré tant d'air frais. Elle courait depuis pas mal de temps déjà mais ne voulait pas encore s'arrêter. Même si le soleil s'était couché et si le crépuscule tombait, elle voulait courir suffisamment pour pouvoir trouver le sommeil ensuite.

Pourquoi ses sœurs et elle finissaient-elles toujours par se chamailler ? Il aurait fallu oublier toute amertume, toute méfiance, tout instinct défensif. Hélas ! on n'effaçait pas aussi facilement des années sous la domination d'un père manipulateur.

Elle n'était pas retournée dans la maison de celui-ci depuis deux jours. Il faudrait qu'elle s'en excuse auprès de ses sœurs, mais une autre fois. Ce soir, elle voulait juste courir et dormir.

Une voiture arriva derrière elle. Bien qu'elle ne roulât pas de son côté, Zoe s'écarta de la route. La voiture la dépassa à vive allure, puis freina brusquement et s'arrêta, moteur tournant. Comme pour l'attendre.

Il n'y avait rien à l'horizon, que des champs labourés ponctués de frêles bosquets. Pas une lumière en vue. Dans quelques minutes, il ferait tout à fait nuit.

Quelle folie d'avoir couru si loin de la ville, en pleine campagne, à la tombée du jour !

Cherchant seulement à se défouler loin de toutes les complications qui lui gâchaient la vie, elle n'avait pas réfléchi.

Une portière s'ouvrit et l'une de ces complications apparut.

— Gideon ? Que faites-vous ici ?

— J'allais vous poser la même question. Il fait nuit, Zoe. Vous ne portez aucun vêtement réfléchissant. Que se passe-t-il ?

— Il ne faisait pas nuit quand je suis partie de chez moi.

Certes, c'était une réponse idiote. Elle aurait dû être plus prudente et faire demi-tour depuis longtemps.

— Mais il fait noir, à présent. Je vous ramène chez vous.

— Je fais de l'exercice. La particularité de cet exercice est de courir, pas de faire le trajet en voiture.

— Montez.

— Je n'aime pas qu'on me donne des ordres.

— Alors je vais reformuler ma demande. Vous ne l'avez peut-être pas remarqué, mais vous êtes à plusieurs kilomètres de Spruce Lake et n'allez pas dans la bonne direction. De plus, vous êtes pratiquement invisible sur le bord de la route. Donc, soit vous montez dans ma voiture de votre plein gré, soit c'est moi qui vous y jette. S'il vous plaît.

Il avait raison : elle n'avait rien à faire sur cette route déserte à la nuit tombée. Toutefois, elle n'aimait pas admettre qu'elle avait tort et encore moins qu'on lui dicte sa conduite.

— Vous croyez pouvoir m'attraper ? Allez-y, essayez.

Jamais elle ne l'aurait cru si rapide.

A peine s'était-elle élancée qu'il la rattrapa, la jeta

sur son épaule en la maintenant par le postérieur et regagna sa voiture où il la déposa sur le siège du passager. Elle n'avait pas encore retrouvé l'équilibre qu'il s'asseyait au volant.

— Vous êtes la femme la plus entêtée que j'ai jamais connue !

Elle actionna la poignée, mais il avait enclenché la sécurité enfant.

— Laissez-moi sortir, Gideon !

— Qu'est-ce qui ne va pas ?

— Vous me dictez ma conduite. Vous me gardez dans votre voiture contre mon gré. Voilà ce qui ne va pas.

— Mais à part ça ? Vous êtes une femme intelligente, vous savez parfaitement que vous ne devriez pas être ici à la nuit tombée. Par-dessus le marché, vous portez des vêtements sombres.

— Il y a une bande fluorescente sur mon short. Laissez-moi sortir. Vous pourrez me suivre si vous voulez.

— Je vous reconduis chez vous. Il fait tout à fait noir, maintenant ; vous pourriez vous tordre une cheville dans un nid-de-poule.

— Je n'ai pas besoin qu'on me dise ce que je dois faire. Ni qu'on décide à ma place. J'ai déjà donné.

— Alors, disons que je suis là pour vous sauver de vous-même.

Il fit demi-tour et prit la direction de Spruce Lake.

— Vous commencez à m'agacer sérieusement, Gideon !

— Non, c'est vous qui commencez à m'agacer sérieusement. Vous tenez à vous conduire comme une idiote uniquement pour faire le contraire de ce que je vous dis ?

— De quel droit vous mêlez-vous de ma conduite ?

Il y eut un long silence, seulement meublé par le ronronnement du moteur. Enfin, Gideon répondit :

— Peut-être que j'estime avoir certains droits depuis ce qui s'est passé l'autre soir.

— Des droits ? Vous croyez que quelques baisers et quelques caresses vous donnent le droit de me commander !

— Zoe, vous exagérez. Je vous ramène chez vous parce que vous couriez dans un endroit isolé à la nuit tombée et que ce n'est pas prudent. C'est tout.

Il s'exprimait avec calme et logique. Il avait raison, et c'était bien ce qui la rendait furieuse. Un halo de lumière dans le ciel noir signalait qu'ils approchaient de la ville. Dès qu'ils eurent atteint les premières maisons, elle revint à la charge.

— Laissez-moi là. Nous avons rejoint la civilisation.

— Vous me croyez capable de vous déposer ici ? Quel genre d'hommes avez-vous fréquentés ?

— Je n'ai pas…

Elle s'interrompit, peu désireuse de lui donner des détails sur sa vie privée.

— Vous ne fréquentez personne ?

— Je suis déjà sortie avec des hommes.

— Mais vous n'avez couché avec aucun.

Faire une confidence dans le feu de l'action était une chose. En discuter dans une voiture, en colère, en nage et en se posant des questions sur la fiabilité de son déodorant en était une autre.

— Ça ne vous regarde pas.

— Ça me regardait, l'autre soir.

— Oui, mais la roue tourne.

Il s'arrêta dans l'allée menant chez elle et libéra la sécurité enfant. Zoe descendit de voiture, claqua brutalement la portière et courut jusqu'à sa porte.

Comme elle pêchait sa clé dans la petite poche de son short, elle l'entendit gravir les marches du perron derrière elle.

Elle venait tout juste d'ouvrir la porte quand il lui glissa à l'oreille :

— Nous n'avons pas terminé notre discussion, Zoe.

# Chapitre 14

Zoe retira ses chaussures de sport en résistant à la tentation de les jeter à la tête de Gideon et les déposa soigneusement près de la porte.

— Toute discussion est désormais close entre nous.

— Parce que je me suis inquiété pour vous ? Parce que j'ai voulu éviter qu'il ne vous arrive quelque chose ?

— Parce que vous vous êtes cru autorisé à me dicter ma conduite. Vous êtes exactement comme Derrick. Lui aussi croyait pouvoir me dire ce que je devais faire.

— C'est pour ça que vous l'avez tué, Zoe ? Parce qu'il essayait de vous protéger ?

Cette fois, Zoe laissa éclater sa colère.

— Me protéger ? Une fois, il m'a cassé deux côtes ! Une autre fois, j'ai eu une commotion ! Et je ne parle même pas des innombrables coquards dont il m'a gratifiée ! Vous appelez ça de la protection ?

Gideon la prit par les épaules et la secoua doucement.

— Mais enfin, Zoe, je n'ai pas essayé de vous faire du mal ! Vous ne comprenez pas ? Pourquoi faut-il que vous interprétiez tout comme des relations de pouvoir et de contrôle ? Vous ne croyez pas que je puisse tout simplement être inquiet pour vous ?

— C'est toujours une histoire de pouvoir et de contrôle sur l'autre !

Cela avait commencé avec son père et s'était terminé avec Derrick. A présent, c'était elle qui avait le contrôle de sa vie. Gideon le lui avait ôté en la faisant monter de force dans sa voiture.

Ç'avait été un moment de terreur pour elle.

— Ah oui ? répondit-il. Et qu'est-ce que vous pensez de ce type de contrôle ?

Il l'attira brutalement contre lui et écrasa ses lèvres sur les siennes.

Elle devinait sa colère et la peur qu'il avait éprouvée. Elle sentait aussi son corps répondre au contact de Gideon. Furieuse contre lui autant que contre elle-même, elle lui prit la tête à deux mains et approfondit le baiser. Il voulait du contrôle ? Il allait en avoir !

Elle le poussa ensuite contre la porte, l'entourant d'une jambe. Son sexe gonflé la brûlait à travers les vêtements qui les séparaient. Elle glissa la main entre eux et se mit à le caresser, buvant les gémissements qu'elle faisait monter en lui.

Brusquement, il la saisit et la plaqua au sol en l'embrassant frénétiquement et en lui relevant son T-shirt. Interrompant le baiser juste le temps qu'elle le retire, il le reprit tout en lui soulevant son soutien-gorge de sport.

Elle se cambrait sous sa caresse. Il faisait preuve d'une sauvagerie désespérée qui attisait en elle un désir incontrôlable. Elle avait envie de l'accueillir en elle à la seconde même.

Comme elle tremblait trop pour arriver à lui retirer son jean, il repoussa ses mains et s'assit le temps de le retirer, ainsi que son boxer, et de déboutonner sa chemise. Elle profita de cet intermède pour ôter short et soutien-gorge. Sans attendre, il mit un préservatif et la pénétra.

Zoe roula pour se retrouver au-dessus de lui et le chevaucha pendant qu'il lui caressait les seins. Soudain, ce fut l'explosion en elle. Le gémissement de Gideon qui suivit lui parvint comme de loin.

Il l'attira contre lui en la serrant fortement, puis se mit à lui caresser le dos d'un geste assuré et doux. Un geste apaisant, comme pour la réconforter.

Seigneur ! Qu'avait-elle fait ?

Elle voulut se dégager, mais il la retint.

— Non, dit-il. Laisse-moi te tenir dans mes bras un moment.

Elle ne voulait pas qu'on la tienne ! Elle avait envie d'aller se réfugier dans sa chambre et de s'y terrer jusqu'à ce que Gideon s'en aille. Elle voulait contrôler les choses et le contrôle lui avait échappé. Elle se sentait anéantie, comme si elle venait de briser un objet précieux.

— Ce n'est pas tout à fait ainsi que j'imaginais la première fois où nous ferions l'amour, ajouta-t-il.

— Nous n'avons pas fait l'amour. C'était une lutte pour le pouvoir où le sexe était une arme. Je regrette, Gideon.

— Moi aussi, dit-il en lui caressant le dos de nouveau.

Il se dégagea.

— Tu peux encore te racheter, fit-il avec un petit sourire. Mais ça risque de prendre un certain temps…

Malgré son ton badin, elle devinait sa peine. Il avait toutes les raisons de se sentir floué.

Elle se leva, ramassa ses vêtements et se rhabilla sans le regarder. Au bruit qu'il faisait dans son dos, elle comprit qu'il se rhabillait aussi.

Mais alors qu'elle s'attendait à ce qu'il parte, il s'approcha d'elle et posa les mains sur ses épaules.

— Tu veux bien me dire ce que tout ça signifie ?

— C'était purement sexuel.

— Non. C'était une question de contrôle.

Il la tourna vers lui.

— Tu veux bien m'expliquer ?

— Je te l'ai déjà dit. Derrick me contrôlait ; je me suis juré que cela n'arriverait plus jamais.

— Et voilà que je t'enferme dans ma voiture et que tu ne contrôles plus rien…

Il lui prit le visage entre les mains et lui caressa la joue.

— Peux-tu me dire aussi pourquoi tu courais comme une dératée en rase campagne ?

— Un problème familial.

— Ah oui ?

Zoe se laissa tomber sur le canapé et s'enveloppa d'un châle. Elle avait terriblement froid.

— Je me suis disputée avec mes sœurs. Elles prétendent que je leur dicte toujours leur conduite.

— Est-ce que c'est vrai ?

Il s'assit à côté d'elle et l'entoura de son bras.

Elle ne voulait pas se blottir contre lui, même si elle en mourait d'envie.

— Je ne peux pas m'empêcher de leur faire remarquer leurs bêtises lorsqu'elles en font…

— Ou du moins ce que tu considères comme des bêtises.

— Peut-être. Mais c'est difficile de ne rien dire quand on sent qu'elles vont en souffrir.

Gideon venait de lui faire la même chose, et ça l'avait rendue folle.

— Et elles ? Elles te font remarquer tes bêtises aussi ?

— Oui, répondit Zoe en soupirant. Elles vont s'en donner à cœur joie quand je vais leur raconter ce qui vient de se passer.

— Tu vas le leur dire ?

— Elles comprendront forcément que quelque chose s'est passé. C'est l'avantage quand on est triplées.

— Et cette dispute, c'était à cause de quoi ? De moi ? Je ne veux surtout pas me mettre entre tes sœurs et toi.

— Ce n'était pas à cause de toi, mais d'une chose que Bree n'a pas faite. Et à propos de la vie de Fiona en général.

En vérité, c'était à cause de leur père et des séquelles qu'il leur avait laissées. Mais avait-elle vraiment envie de parler de ça ?

— Ça a commencé avec mon père, se surprit-elle à dire. Il était prof à l'université de Collier. Prof d'anglais. Quand j'étais petite, il a gagné le prix Pulitzer et est devenu célèbre du jour au lendemain. Et il s'est avéré qu'il aimait ça. Il avait toujours été possessif et jaloux avec nous, mais après ça... il avait besoin qu'on l'adule en permanence et attendait de nous que nous lui fournissions sa dose d'adoration. Sans cesse, il répétait que nous ne l'aimions pas assez, que nous nous moquions de ce qui lui arrivait. Si nous voulions passer une journée avec une copine, monsieur boudait, disant que nous préférions nos amis à notre propre père. Après la mort de maman, quand nous sommes restées seules avec lui, la vie est devenue franchement horrible. On se disputait sans arrêt.

— Je suis désolé. Pas étonnant que tu veuilles contrôler les choses.

— Si j'ai épousé Derrick, c'est parce que j'étais prête à tout pour partir de la maison. Pour vivre enfin. L'ironie du sort a voulu que Derrick soit exactement comme mon père. Possessif, exigeant et violent.

— Ton père vous battait ?

— Non, il n'a jamais touché à un seul de nos cheveux. Tout se passait dans la tête : il jouait avec nous et nous manipulait affectivement.

— Si je comprends bien, votre père vous a montées les unes contre les autres ?

— Oui. D'où les chamailleries perpétuelles.

— Et ça continue encore aujourd'hui. Difficile de perdre ses vieilles habitudes.

— Oui, soupira Zoe. Je devrais leur présenter des excuses, et je repousse sans cesse ce moment.

— C'est pour ça que tu courais ? Pour t'éviter de leur présenter tes excuses ?

— Peut-être bien.

— Tu as de la chance d'avoir des sœurs. J'aimerais bien ne pas être fils unique.

C'était un coup bas. Zoe se leva brusquement et alla à la fenêtre.

— Tu veux que je te dise que je regrette d'avoir tué ton frère ? Eh bien oui, je le regrette ! J'ai tiré sur mon mari, il en est mort, et je porterai ce fardeau toute ma vie. Mais je n'avais pas le choix. Si je ne l'avais pas neutralisé, il me tuait.

— Du calme, Zoe. Ce n'est pas ce que je voulais dire.

Il la rejoignit et posa les mains sur ses épaules crispées.

— Je ne faisais pas allusion à Derrick. Je n'ai pas envie de parler de lui ce soir. Ce que je voulais dire, c'est que j'aurais aimé que ma mère et mon beau-père aient des enfants ensemble. Comme une famille normale.

— Tu crois que ça existe ?

— Mais bien sûr ! Ma mère et moi étions très proches ; nous avions des relations normales.

— Qu'est-ce que tu entends par « normales » ?

— Je faisais ma crise d'adolescence, répondit Gideon en riant. Ma mère essayait de m'empêcher de faire des bêtises, moi j'essayais d'en faire un maximum.

Mais elle m'aimait et je l'aimais. Cela a toujours été une évidence.

— Quand est-elle morte ?

— Il y a trois ans. D'un cancer.

— Je suis désolée.

— Moi aussi. En fait, c'est une des raisons pour lesquelles je suis venu ici en apprenant l'accident de mon père. Je me sentais un peu à la dérive, un peu seul. Je cherchais probablement à renouer les liens avec lui.

— As-tu réussi ?

— Non. Je ne suis qu'un indésirable à ses yeux.

— Je suis désolée, Gideon…

— C'est à cause de cette embolie. Il est diminué et enrage que je le voie dans cet état.

— Comme va-t-il ? A-t-il fait des progrès ?

— Oui, pas mal. Il peut parler, maintenant, même si sa diction est lente et pas toujours compréhensible. Il peut aussi s'asseoir seul. La kiné m'a dit qu'elle le ferait se lever dans un jour ou deux, pour qu'il recommence à se déplacer.

— Donc, tu vas le mettre dans une maison de repos et rentrer à Milwaukee ?

Etait-ce vraiment ce qu'elle voulait ? Qu'il parte ?

Elle n'en était pas sûre et c'était bien ce qui lui faisait peur.

— Oui, c'est ce que j'ai prévu.

— Il a de la chance que tu aies pu rester aussi longtemps.

Gideon répondit en haussant les épaules.

— Quelles que soient nos relations, il reste mon père.

Comme si tout le monde pensait cela de ses parents. Comme si tout le monde endossait aussi facilement ses responsabilités.

Décidément, Gideon ne ressemblait pas du tout à Derrick.

Cette conclusion venait de s'imposer à Zoe comme une évidence. Derrick, lui, n'avait jamais pensé à personne d'autre que lui-même.

— Wallace ne te mérite pas, dit-elle.

— Peu importe. Nous sommes de la même famille, c'est ça qui compte.

Gideon soupira.

— Tu te sens mieux ?

— Oui. Merci d'être resté un peu pour discuter.

— Ce fut une soirée un peu déstabilisante.

Zoe approuva en soupirant à son tour.

— En effet… Bonne nuit, Gideon.

Debout devant la fenêtre, elle regarda sa voiture s'éloigner dans l'allée.

Lequel des deux détenait le pouvoir sur l'autre, à présent ?

Elle était incapable de le dire. Mais était-ce vraiment si important, après tout ?

Cette nouvelle façon de voir les choses était ce qui lui faisait le plus peur.

*
* *

— il y a quelqu'un ? cria Zoe.

— Dans le salon, répondit Fiona.

Zoe trouva sa sœur assise en tailleur sur le tapis vert foncé, en train de trier un carton de vieux vêtements. Des vêtements de fillettes. En trois exemplaires, identiques. De quoi réveiller des souvenirs ayant trait à leur père et aux querelles au sujet de leurs tenues identiques. Des disputes terribles.

— J'ignorais qu'il avait conservé ces vieilles frusques.

— Comme tu peux le constater…

Elle s'agenouilla près de sa sœur.

— Tu aurais dû m'attendre, je t'aurais aidée.

— Je croyais que tu étais au travail, et comme je n'avais rien de mieux à faire…

— Pas de bijoux de rêve à dessiner ?

Fiona sortit du carton une petite salopette en velours.

— Je n'arrive pas à me concentrer sur une idée.

— Excuse-moi, Fiona, à propos de ce que j'ai dit l'autre soir. Tu as parfaitement le droit de vivre ta vie comme tu l'entends. Je n'aurais pas dû te critiquer.

Fiona replia soigneusement la salopette.

— Tu ne t'étais jamais gênée pour le faire, jusqu'à présent.

— J'ai peut-être enfin compris que vouloir toujours tout contrôler n'est pas forcément une bonne chose.

— C'est déjà un progrès.

Zoe sortit une petite robe du carton.

— Je me souviens de celle-ci.

— Tu essaies de détourner la conversation ?

Fiona se pencha vers elle et l'observa un instant.

— D'où vient cette soudaine prise de conscience ?

— Je n'ai pas envie d'en parler.

Comment trouverait-elle le courage d'avouer à sa sœur ce qui s'était passé la veille ? Elle en avait encore honte.

— Tu es toujours la première à dire qu'il faut parler au lieu de garder les choses sur le cœur.

— Tout n'a pas besoin d'être analysé et discuté.

En tout cas, pas lorsqu'il s'agissait de choses aussi douloureuses.

— Si je comprends bien, tu as le droit de jouer les assistantes sociales envers nous, mais la réciproque n'est pas vraie ?

— C'est mon métier, bien que je ne sois pas censée l'exercer à la maison.

— A propos de métier, pourquoi n'es-tu pas au travail ? Le foyer est vide ?

Heureusement, Fiona semblait abandonner le sujet.

— Non, il y a toujours des pensionnaires, mais je voulais vous voir, Bree et toi. Je ne voulais pas que nous en restions là où nous avons laissé les choses l'autre soir.

— Sans blague !

— Je voudrais que ça change entre nous. Papa est mort. Il serait peut-être temps de cesser de chercher un sens caché dans les moindres propos que nous échangeons. J'en ai assez de me disputer avec Bree et toi.

— C'est tout ce que tu veux ? Qu'on arrête de se disputer ?

Zoe aspirait aussi à être plus proche de ses sœurs, à sentir de nouveau ce lien étroit qui les unissait autrefois quoi qu'il arrive. Etait-ce encore possible ?

— Et toi, Fiona, qu'est-ce que tu veux ?

— Je n'en sais rien. J'ignore totalement ce qui pourrait me rendre heureuse.

Zoe déposa une pile de vêtements dans le carton.

— Je croyais que tes bijoux te rendaient heureuse. Quand on était petites, tu pouvais rester plongée des heures dans tes bijoux.

— Je ne sais plus ce que je dois faire. Mon agent me pousse à développer la collection FeeMac, mais j'ai d'autres idées qui ne correspondraient pas à l'image de la marque.

Depuis combien de temps Fiona ne s'était-elle pas autant confiée à elle ? Zoe cacha volontairement son enthousiasme.

— Tu pourrais peut-être profiter de ton séjour ici pour travailler sur ces idées, à temps perdu. J'imagine que, de toute manière, tu n'arriverais pas à travailler sur FeeMac.

— Je n'ai pas d'endroit où travailler, ici.

— Sers-toi du garage. Il y a toute la place voulue. Bree et toi, vous pouvez très bien laisser vos voitures dans l'allée.

Fiona rangea le reste des vêtements dans le carton et se leva.

— Je vais réfléchir, dit-elle enfin.

Zoe nota que son regard n'était plus aussi éteint mais n'eut pas le temps de répondre car la porte de la maison claqua.

— Ah! On dirait que Bree est de retour.

Elle alla la rejoindre dans l'entrée.

— Salut, Bree.

— Zoe? Qu'est-ce que tu fais là en plein milieu de la journée?

— Je voulais vous voir, Fiona et toi. Excuse-moi de t'avoir fait une réflexion à propos de ce travail, au lycée. Je n'avais pas le droit de m'en mêler et je tâcherai de ne plus recommencer.

Bree l'étudia un instant avant de répondre :

— On peut parier là-dessus? Parce que je suis sûre de gagner gros.

Bree ne semblait pas faire de l'humour. Juste accepter la nouvelle avec un peu de lassitude.

— Je sais que tu fais ces excuses parce que tu nous aimes bien, Charlie et moi.

— C'est vrai que je vous aime, mais je veux vraiment que les choses changent entre nous.

— Bien, nous verrons. Et maintenant, il faut que je vous dise une chose que j'ai apprise aujourd'hui au lycée.

Fiona et Zoe la suivirent jusqu'à sa chambre. Zoe prit place dans le vieux fauteuil qu'elle avait toujours vu là. Le tissu à fleurs était fané, les accoudoirs élimés et un ressort pointait sur l'assise, mais son côté familier lui tenait lieu de confort.

Bree s'installa sur son lit et Fiona resta debout à l'entrée de la chambre.

— J'ai surpris une conversation, au lycée. Il semblerait que Barb Johnson ait une aventure avec un des enseignants.

— Quoi ? s'exclama Zoe.

— Ne te mêle pas de ça, intervint Fiona.

— Ils allaient toujours déjeuner ensemble avant qu'elle ne soit en arrêt maladie.

— Ce n'est pas une preuve, fit remarquer Zoe. J'imagine que ce ne sont pas les seuls à aller déjeuner entre collègues.

— Oui, j'en ai vus aller déjeuner en bande, aujourd'hui. Mais Barb et ce type y allaient seulement à deux. Et une femme prétend les avoir vus ensemble il y a quelques jours.

— Mais elle loge au foyer depuis plus de deux semaines !

— Elle ne sort jamais ?

— Pas la journée.

— Et le soir ?

— Je ne crois pas.

Fiona entra enfin dans la chambre et vint s'asseoir près de Bree sur le lit.

— Il serait peut-être temps de t'en assurer, dit-elle.

# Chapitre 15

— Bonjour, papa, fit Gideon en arrivant dans la chambre de son père. Comment te sens-tu, aujourd'hui ?

— Comme… Merde !

Wallace laissa échapper le sandwich qu'il tenait. D'après les traînées qui souillaient ses joues, il avait manifestement du mal à le manger.

Gideon déplia la serviette et parvint à nettoyer presque entièrement le visage de son père avant que celui-ci ne le repousse.

— Tu veux que quelqu'un vienne t'aider ? Je peux appeler une infirmière.

— Non.

Le mot préféré de Wallace.

— Que dirais-tu d'une petite visite ? J'ai amené Sally Beckman avec moi. Tu as dit que tu aimerais la voir.

— Non, répéta Wallace en repoussant les restes de son repas.

— Je vais demander à une infirmière de venir nettoyer tout ça. Sally et moi allons patienter dans la salle d'attente.

Gideon sortit sans attendre la réponse de son père.

Il avait demandé à voir Sally, et Gideon avait fini par la trouver. En apprenant que Wallace voulait la voir, Sally avait d'abord paru étonnée, puis elle avait semblé toute contente et agitée.

— Il finit de déjeuner, lui annonça Gideon en l'emmenant dans la salle d'attente. Je lui ai dit que nous allions lui laisser le temps de terminer.

— Je ne voudrais pas interrompre son repas, dit Sally en lissant sa robe. Il vaudrait peut-être mieux que je revienne à un autre moment.

— Ce ne sera pas long. A moins que vous n'ayez à faire ?

— Non, pas aujourd'hui. Mais je ne voudrais pas le perturber. Wallace aime prendre ses repas à heure fixe.

— Il doit maintenant suivre les horaires de l'hôpital et manger quand on lui apporte son plateau.

— Le pauvre ! Ça ne doit pas lui plaire, fit remarquer Sally en secouant la tête d'un air désolé.

De toute manière, le « pauvre » Wallace détestait tout, à l'hôpital. Certes, se remettre d'une embolie cérébrale n'était pas une partie de plaisir. En quelques secondes, il était passé de l'état d'homme valide et autonome à celui d'individu complètement dépendant des autres.

— C'est difficile pour lui, admit Gideon.

— C'est bien que vous soyez là.

— C'est mon père.

Gideon observa Sally du coin de l'œil. Ce n'était pas le genre de femme qu'il aurait imaginé plaisant à son père. Elle était sans grâce particulière, maquillée lourdement, et portait des vêtements ternes. La blondeur de ses cheveux était aussi passée que le bleu de ses yeux. Elle était un peu empâtée et semblait se fondre dans le décor.

Gideon aurait cru qu'un homme puissant et sûr de lui comme Wallace serait attiré par des femmes à son image. Or, Sally Beckman représentait manifestement tout le contraire.

Mais bon, il fallait savoir faire feu de tout bois…

Soudain, il se remémora Zoe, avec lui sur le canapé, à demi dévêtue, le visage enflammé par la passion. Aussitôt après, il la revit le chevauchant, quelques jours plus tôt.

Les femmes au caractère bien trempé semblaient lui convenir, mais il refusait d'admettre que cette femme en particulier était celle qu'il désirait.

— Hum… Dites-moi, Sally, comment avez-vous fait la connaissance de mon père ?

— Je travaille au drugstore. Wallace et moi, on bavardait chaque fois qu'il venait. Un jour, il m'a invitée à dîner.

— Et, depuis, vous nagez dans le bonheur ? demanda Gideon avec un sourire encourageant.

— Oui, fit-elle en détournant rapidement les yeux.

Il n'eut pas le temps de lui poser d'autres questions car une infirmière apparut.

— Votre père a terminé son déjeuner.

Elle fit signe à Gideon que tout avait été nettoyé.

— Merci, Bella. Alors, Sally, prête pour cette visite ?

Sally se mit à triturer nerveusement la poignée de son sac.

— Est-ce que… il peut parler ?

— Vous ne pourrez pas avoir une conversation suivie avec lui, mais il comprend ce qu'on lui dit et peut répondre, avec une certaine lenteur. Parlez-lui normalement, soyez patiente, et tout se passera bien.

— Bien, dit Sally qui semblait tendue. Allons-y.

Dix minutes plus tard, Gideon se demandait comment la faire partir. Elle se tordait les mains et n'arrivait pas à regarder Wallace en face. La visite avait pourtant bien commencé : Sally lui avait parlé de personnes de leur connaissance, avait échangé avec lui les derniers potins. Puis elle s'était mise à bredouiller et avait fini par se taire. Wallace se montrant de plus en plus agité, elle s'était même éloignée du lit.

De toute évidence, Wallace était furieux qu'elle le voie ainsi diminué. Il s'exprimait avec une difficulté grandissante et remuait sans cesse les mains sur sa couverture.

Comment mettre fin à cette expérience désastreuse ? Gideon allait intervenir quand un bruit de pas se fit entendre dans le couloir.

Zoe apparut sur le pas de la porte, l'air hésitant.

Gideon alla immédiatement à sa rencontre. Elle était sa bouée de sauvetage.

— J'ai amené une amie à lui et c'est un fiasco, lui dit-il tout bas. Aidez-moi à la faire sortir.

Zoe parut comprendre et hocha la tête. Heureusement qu'elle était futée.

Elle entra dans la chambre et s'approcha du lit.

— Bonjour, Wallace. J'ai appris que vous alliez mieux et je m'en réjouis.

Wallace voulut parler mais n'émit que des sons inintelligibles. En faisant de grands gestes avec les bras, il faillit renverser le pichet d'eau qui se trouvait sur sa table de chevet.

— Sally Beckman, une amie de mon père, est venue lui rendre visite, expliqua Gideon.

— Sally ! Que faites-vous ici ?

La pauvre femme répondit d'un air gêné, le regard fuyant :

— Je suis venue rendre visite à Wallace. Gideon m'a dit qu'il voulait me voir.

— Je n'arrive pas à croire que vous soyez venue ! la gronda Zoe. Avez-vous oublié tout ce que nous avons dit ?

Comme Wallace faisait des efforts pour se lever, Gideon interrompit Zoe.

— Vous devriez peut-être partir. Vous énervez mon père.

— Sally, venez avec moi.

Sally s'étant rapprochée du lit, Wallace lui saisit le poignet. Elle eut un mouvement de recul, comme s'il l'avait frappée. Wallace ne la lâcha pas.

— Lâchez-la, Wallace, intervint Zoe. Immédiatement.

Sally ne bougeait plus ; elle regardait alternativement Zoe et Wallace.

Gideon se sentit soudain nauséeux. Il connaissait ce regard, cette peur qui empêchait d'agir, cette incapacité à prendre une décision. La peur de désobéir à un homme.

Il avait vu tout cela chez beaucoup de femmes qui venaient le consulter, des femmes victimes de violences domestiques.

Chez Zoe aussi. La première fois qu'il l'avait aperçue, derrière les barreaux, elle avait eu un mouvement de recul lorsqu'il s'était approché.

— Attendez dans le couloir, Zoe. Je vais emmener Sally dehors.

Zoe fusilla Wallace du regard avant de quitter la chambre à grands pas.

Gideon s'approcha de Sally et décolla de son poignet les doigts de son père.

— Venez, dit-il avec douceur. Je crois que ça suffit, maintenant.

Il sortit sans un regard pour son père.

Zoe, qui tournait en rond dans le couloir, s'en prit immédiatement à Sally.

— Qu'est-ce qui vous a pris, Sally ?

— Il… il voulait me voir. J'ai cru… j'ai cru que ce serait gentil de venir lui rendre visite.

— Il ne faut pas être gentille avec des hommes comme Wallace ! Pour les hommes comme lui, c'est synonyme de faiblesse. Nous étions pourtant convenues que vous ne le verriez plus !

— Il a été si gentil avec moi, juste avant de tomber malade ! Il m'a offert une boîte de bonbons de chez mon confiseur préféré à Green Bay. Il a fait la route exprès. Tout ça pour moi.

— Sally…

Gideon ne laissa pas Zoe achever sa phrase. Pour le moment, Sally avait besoin qu'on la réconforte, pas qu'on la sermonne.

— Allons dans la salle d'attente. Nous serons plus tranquilles.

Zoe le regarda un instant puis se tourna vers Sally.

Quel regard ! Pas étonnant que Dave ait peur d'elle. Elle semblait prête à en découdre. Il ne lui manquait que l'épée et le bouclier.

— Ne vous mêlez pas de ça, Gideon.

Bien des hommes auraient pris leurs jambes à leur cou devant un tel regard. Gideon, au contraire, s'approcha, fasciné.

— Allons poursuivre cette conversation dans la salle d'attente, proposa-t-il. Vous énervez Sally.

Cette dernière pleurait maintenant silencieusement, et les larmes diluaient peu à peu son maquillage.

— Venez, Sally, dit Zoe d'un ton radouci. Allons nous asseoir.

Elle entoura Sally de son bras et l'entraîna vers la salle d'attente, où elle la fit asseoir sur une banquette.

— J'ai eu tort de m'énerver contre vous, Sally. Vous êtes la victime, pas la source du problème.

— Non, vous avez raison, sanglota Sally. Je n'aurais jamais dû venir. J'ai cru qu'il avait changé.

— Je sais, je sais…

Assis dans l'un des inconfortables fauteuils qui meublaient la pièce, Gideon observait les deux femmes. Sally pleurait dans les bras de Zoe, qui lui fournissait des mouchoirs en papier au fur et à mesure en lui murmurant des paroles réconfortantes. Enfin, Sally se redressa.

— Je suis vraiment idiote.

— Pas du tout. Vous n'êtes pas idiote, Sally. Vous êtes une femme bien qui essaie d'être gentille envers un homme qui ne le mérite pas. C'est tout.

— Vous aviez raison, je n'aurais jamais dû venir ici.

— Je pourrais savoir de quoi il s'agit ? intervint Gideon.

Zoe termina de tamponner le visage de Sally. En l'absence de maquillage, la joue gauche de cette dernière et le tour de son œil révélaient des ombres jaunâtres et rougeâtres.

Gideon regardait sans en croire ses yeux.

— C'est une vieille ecchymose, expliqua Sally.

— Oui, dit Zoe en l'entourant de son bras. Et devinez qui lui a fait ça…

— Mon père vous a frappée ?

Sally hocha la tête en se mordant la lèvre.

— Je voudrais rentrer chez moi, dit-elle à Zoe.

— Voulez-vous que j'appelle votre amie Carrie pour qu'elle vienne vous chercher ?

— Non, ça va aller.

— Je sais bien, répondit Zoe en souriant. Mais Carrie s'est fait beaucoup de souci pour vous. Ça lui ferait du bien de pouvoir vous rendre service. Vous ne voulez vraiment pas que je l'appelle ?

— D'accord.

Sally se laissa retomber contre le dossier de la banquette en soupirant.

Zoe sortit son téléphone portable et s'éloigna de quelques pas pour appeler. Gideon l'entendit mentionner le nom de Sally et celui de l'hôpital.

— Carrie arrive, dit-elle enfin. Préférez-vous l'attendre ici, ou à l'entrée de l'hôpital ?

— A l'entrée.

Sally se leva.

— Je vais vous accompagner au rez-de-chaussée et l'attendre avec vous, proposa Zoe.

A peine remis du choc, Gideon se leva à son tour.

— Je suis désolé, Sally.

Il se sentait gauche, mal à l'aise. Que dit-on à une femme que votre père a battue ?

— Ce n'est pas votre faute, Gideon. Vous ne saviez pas.

En fait, il aurait dû… Il se rappela tout à coup comme sa mère sursautait au moindre bruit un peu fort et inattendu. Comme ses mains tremblaient, même lorsqu'elle avait identifié l'origine du bruit en question.

La façon dont elle s'était battue contre Wallace lorsqu'il avait voulu obtenir un droit de visite plus important.

Comment elle était partie avec lui pour Milwaukee, alors qu'elle avait un bon emploi et tous ses amis à Spruce Lake.

Elle avait tout fait pour l'éloigner de Wallace. Il aurait dû comprendre pourquoi.

Wallace la battait, tout comme il avait probablement battu la mère de Derrick aussi.

Et Derrick avait battu Zoe : il avait appris de son père comment se comporter avec les femmes.

Zoe n'avait pas menti : c'était bel et bien pour sauver sa vie qu'elle avait tiré sur Derrick. Gideon donna un coup de pied rageur dans un des horribles fauteuils. Pourquoi n'avait-il rien vu ? Comment avait-il pu être aussi aveugle ?

Il se précipita dans la chambre de son père. Tranquillement allongé, Wallace regardait dans le vide.

— Je sais ce que tu as fait à Sally. J'ai vu l'ecchymose sur son visage.

— Tu… sais… rien, articula le vieil homme avec un rictus méprisant.

— Si, je sais. Tu battais aussi ma mère, hein ?

Il eut la satisfaction de voir son père détourner les yeux.

— Et la mère de Derrick aussi ? Elle est vraiment morte dans un accident de voiture, ou est-ce qu'elle a préféré mettre fin à ses jours ? Et Derrick ? Qu'est-ce que tu lui as fait, à lui ?

Wallace faisait des efforts pour répondre. Il avait sans doute des justifications, des excuses toutes prêtes.

Mais il n'y avait pas d'excuses possibles.

— Pas étonnant que tu détestes Zoe ! Elle ne s'est pas laissé faire ; elle n'a pas laissé Derrick en faire autant avec elle. Et tu n'as jamais réussi à la contrôler.

Gideon tournait en rond dans la chambre.

— Je n'ai jamais su qui tu étais vraiment…

Pourrait-il encore appeler cet homme son père ? Cela faisait-il de lui un monstre ?

— … et je crois que je préfère ne pas le savoir.

Là-dessus, il sortit et se rua vers l'escalier sans se retourner.

# Chapitre 16

Zoe hésita un instant sous le porche de la maison de Wallace. La voiture de Gideon était garée dans l'allée et il y avait de la lumière dans la cuisine. Elle n'avait aucune excuse pour rebrousser chemin.

Elle essuya ses mains moites sur son jean puis sonna une fois, du bout des doigts, en espérant presque qu'il n'entendrait pas.

N'obtenant pas de réponse, elle ferma les yeux et fit une deuxième tentative. Il y avait longtemps qu'elle ne s'était pas prise en flagrant délit de lâcheté.

Le bruit de la sonnette retentit, insistant. Elle n'aurait pas dû attendre pour faire cette démarche. Elle aurait dû venir il y a des jours, le lendemain même de ce qui s'était passé entre Gideon et elle peu après leur rencontre. A présent, et après l'incident à l'hôpital, elle ne pouvait plus repousser le moment de lui parler.

Enfin, il ouvrit la porte. Torse nu, il portait le même short ample que la dernière fois. Il semblait exténué et tenait un verre à la main. Ses phalanges étaient rouges et abîmées, comme s'il avait boxé à mains nues.

— Qu'est-ce que tu veux ?

— Je voudrais te parler. Puis-je entrer ?

— Sûrement pas.

Il eut un rictus dégoûté et un mouvement de recul. Zoe s'était attendue à le trouver en colère, mais pas à ce point. Etait-ce à cause de la manière dont elle l'avait traité la nuit précédente ? Ou à cause de l'horrible vérité qu'il avait découverte ce matin ? Cette horrible vérité qu'il était bien forcé d'admettre ?

Le plus drôle, c'est qu'elle était venue avec l'intention de le réconforter, qu'elle avait songé qu'il aurait besoin d'un peu de soutien.

— Pourquoi pas ? répondit-elle calmement.

Il se passa une main sur le visage. Dans le silence, elle perçut le frottement de sa barbe naissante contre ses doigts.

— Il n'y a rien d'autre entre ces quatre murs que haine et cruauté. Tu n'as rien à faire ici.

— Tu y es bien, toi.

Combien de verres de ce liquide ambré avait-il bus ?

— De toute manière, ce n'est pas la maison que je suis venue voir. C'est toi.

— Tu avais raison. Sur toute la ligne. Sur Wallace, sur Derrick… Tu dois nous haïr tous royalement.

Elle pénétra dans la maison en le repoussant doucement.

— Je ne déteste pas tous les Tate en bloc.

— Je ne te croyais pas ! Je pensais que tu avais exagéré, menti. Que tu avais échappé à ta juste condamnation.

Il posa brusquement son verre sur la console de l'entrée.

— Je m'en voulais d'avoir envie de toi ! s'exclama-t-il.

— Je comprends. Moi aussi, je refusais d'être attirée par toi. Mais c'était avant que nous nous connaissions vraiment. Tu me crois, maintenant, n'est-ce pas ?

— Evidemment. Je tuerais Derrick de mes propres mains, s'il n'était pas déjà mort.

Zoe secoua la tête.

— Non, tu ne ferais pas une chose pareille. Tu serais incapable de tuer qui que ce soit.

— Tu n'en sais rien. Il t'a frappée !

— Mais je l'oublie avec toi.

Au moment où elle prononçait ces mots, Gideon poussa un juron et frappa du poing contre le mur.

Il ne l'avait probablement pas entendue et c'était peut-être mieux ainsi. Zoe referma la porte et prit une profonde inspiration pour se calmer. Une odeur de renfermé et de vieux régnait dans la maison, et des fantômes lui apparurent tout à coup.

Derrik hurlant, levant la main sur elle.

Wallace l'humiliant avec des mots soigneusement choisis.

Toutes les femmes qui avaient subi la violence de Wallace et qui la regardaient en demandant pourquoi elles n'avaient pas obtenu justice…

Elle ferma les yeux, le temps qu'ils disparaissent.

— Allons nous asseoir et discuter un peu, dit-elle enfin.

— Non. Je ne veux pas que tu mettes les pieds

dans cette maison. Je ne veux pas me souvenir de toi ici.

— C'est juste une maison, Gideon, rien de plus.

Quelle bravoure de la part de quelqu'un qui avait dû s'y reprendre à deux fois pour sonner à la porte !

— Je hais cet endroit. Je l'ai toujours haï.

— Allons ailleurs, alors.

— Pourquoi tiens-tu à passer du temps avec moi ? Pourquoi es-tu venue me chercher ?

Elle le prit par les épaules et le secoua.

— Arrête, Gideon ! Tu n'es ni ton frère ni ton père. Tu n'as pas à endosser la responsabilité de ce qu'ils ont fait. Combien de verres est-ce que tu as bus ?

— Pas autant que j'aurais dû.

— Bon, allons-y.

Elle le prit par la main et l'entraîna vers la porte.

— Attends. Laisse-moi d'abord prendre une douche et m'habiller décemment.

— D'accord. Rejoins-moi dans la voiture quand tu seras prêt.

Avant de s'en aller, elle attendit qu'il soit monté et que l'eau coule dans la salle de bains. Alors seulement elle courut se réfugier dans sa voiture.

Quand il sortit un quart d'heure plus tard, Gideon avait passé un jean et une chemise rouge. Zoe se surprit à admirer son pas allongé et souple.

Il avait aussi dessoûlé.

— Excuse-moi, dit-il en s'installant sur le siège passager. Je me suis comporté comme un idiot.

— Non, pas du tout. Je comprends parfaitement que tu sois bouleversé.

— Il n'empêche que je gère ça comme un imbécile. Heureusement que tu es arrivée. J'étais déjà à moitié ivre.

— J'avais remarqué… Tu veux aller manger quelque chose, pour annuler un peu l'effet du whisky ?

— Non, une douche froide a suffi.

— Bon.

Elle prit la route qui sortait de la ville et roula jusqu'à un parc, où elle se gara sur le parking.

— Que faisons-nous ici ?

Zoe avait eu envie de venir là pour se débarrasser de l'odeur qui régnait chez Wallace et lui collait à la peau.

— J'ai pensé qu'un peu d'air frais nous ferait le plus grand bien.

— Tu as raison, dit Gideon en frottant ses mains rougies. Rien de tel que le grand air.

— La nuit va bientôt tomber. Faisons quelques pas.

Ils empruntèrent une allée traversant un bouquet de pins blancs où l'air fleurait bon la résine. Zoe se félicita d'avoir mis son pull marin, car la température baissait rapidement à cette heure de la journée.

Après les pins, ils passèrent parmi des groupes d'érables et de chênes. Enfin, Gideon ralentit le pas et se tourna vers elle.

— Pourquoi es-tu venue me voir, Zoe ?

— J'aurais dû venir bien avant. Juste après t'avoir…

utilisé comme je l'ai fait. J'ai été lâche. En fait, je ne savais pas quoi te dire.

— Et pourquoi ce soir ?

— Tu sais bien pourquoi.

Elle se mit à donner des coups de pied dans des tas de feuilles en enfonçant les mains dans ses poches. Et s'il ne voulait plus entendre parler d'elle ?

— J'ai bien vu que tu étais bouleversé par ce qui s'est passé à l'hôpital. Alors j'ai pensé que tu aimerais peut-être parler à quelqu'un. J'espérais aussi me racheter pour l'autre soir, j'imagine.

— Tu n'as à te racheter de rien.

— Si, je t'assure. Ce que j'ai fait était très moche. Et idiot.

— Disons que ça compense ce que t'a fait subir ma famille.

— Tu n'as rien à voir avec ce que ton père et ton frère m'ont fait. Rien du tout.

Il lui effleura la joue.

— Je t'ai bien mal accueillie, tout à l'heure.

— Je ne l'ai pas mal pris.

— Tant mieux, dit-il en lui caressant la bouche du bout du doigt. Je suis content que tu sois venue.

— C'est le genre de choses qu'on ne doit pas affronter seul.

Il lui prit la main et regarda autour de lui.

— Pourquoi m'as-tu amené ici ?

— Quand j'étais enfant, je venais à vélo quand… quand ça devenait trop dur à la maison. La dépense physique me faisait probablement presque autant de bien que le paysage.

C'était plus qu'une dépense physique. C'était un refuge quand le monde s'écroulait, quand elle n'arrivait plus à supporter son père, quand ses sœurs et elle se chamaillaient. C'était ici qu'elle rêvait d'une famille heureuse.

Et c'était ici qu'elle avait amené Gideon.

Elle entrelaça ses doigts aux siens. Peut-être trouverait-il ici un peu de la paix qu'elle y trouvait autrefois.

— Donc, en regardant attentivement, je risque de voir les fantômes des triplées en train de jouer sous les arbres ?

— Non, dit-elle en retirant sa main. Je venais seule.

— Toi non plus, tu n'as pas eu une famille enviable, n'est-ce pas ?

— Non. Mais nous ne sommes pas là pour parler de ma famille. Il s'agit de la tienne.

Gideon se mit à regarder fixement la forêt.

— Rien n'est tel que je le croyais. Wallace, Derrick, les années passées à Spruce Lake quand j'étais petit… tout cela n'est que fumée et mensonge. Comme un tour de magie que j'aurais pris pour argent comptant.

— Ne sois pas si dur avec toi-même. Tu n'avais que douze ans, quand tu es parti. A cet âge-là, on ne fait pas vraiment attention à ce qui se passe autour de soi.

Charlie, son neveu, n'en était-il pas le parfait exemple ? Il était si absorbé par ses études et ses serpents qu'il ne remarquait rien.

— Je suis venu ici dans l'espoir de renouer les liens avec Wallace. C'est mon père, une part de moi-même, et je pensais que nous devions avoir des relations normales.

— C'était très généreux de ta part, étant donné sa conduite passée.

— Je ne veux plus rien avoir à faire avec lui, à présent.

Zoe sentait le froid traverser peu à peu son pull épais et Gideon ne portait qu'une fine chemise de coton.

— Retournons à la voiture, proposa-t-elle. On commence à geler.

Ils rebroussèrent chemin dans le parc qui s'assombrissait. La nuit était presque tombée lorsqu'ils atteignirent la voiture. Une chouette hululait au loin, des créatures plus petites se faufilaient dans les broussailles. Au moment où Zoe allait tourner la clé de contact, Gideon l'arrêta.

— Comment as-tu su que c'était exactement ce dont j'avais besoin ? Venir ici et parler avec toi ?

— Je n'en savais rien. Mais je ne voulais pas que tu restes seul après ce qui s'est passé aujourd'hui.

Une fois de plus, ils se retrouvaient dans la promiscuité de l'habitable, seulement séparés par le levier de vitesse, et l'odeur de Gideon se répandait doucement dans cet espace réduit. Cependant, tout avait changé depuis la première fois qu'il était monté dans sa voiture. Zoe lui caressa la joue.

— J'ai vu combien tu étais bouleversé quand tu as compris ce qui était arrivé à Sally.

Gideon prit sa main.

— En cognant mon sac de frappe, tout à l'heure, j'ai pensé à toi, Zoe. A ce que t'a fait Derrick. Je n'arrive pas à le digérer.

Il se pencha pour l'embrasser avec douceur et légèreté, comme s'il craignait qu'elle ne s'éloigne s'il y mettait plus de fougue.

Comme s'il redoutait de lui rappeler Derrick et ce qu'il lui avait fait.

Alors qu'il mettait fin au baiser, Zoe le retint et l'embrassa à son tour. Il parut hésiter un moment puis répondit à son appel, mais avec un peu de retenue, comme s'il se méfiait.

Sans doute se souvenait-il de l'autre nuit, quand elle avait cherché à prendre le contrôle de la situation, songea Zoe.

Or, ce soir, il ne serait plus question de maîtriser quoi que ce soit. Ce soir, c'était uniquement pour le plaisir.

Tandis qu'elle lui mordillait la lèvre, il laissa échapper un gémissement et voulut l'attirer plus près de lui. Mais le levier de vitesse les gênait. Sans interrompre leur baiser, Zoe l'enjamba, et s'assit sur ses genoux. Elle pouvait sentir son sexe brûlant contre sa cuisse.

— Zoe, tu es sûre de le vouloir ?

Elle lui prit les mains et les posa sur ses seins. Il se mit à la caresser, la chaleur de sa peau irradiant à travers son gros pull.

— Oui, j'en suis sûre. Oublions l'autre soir et pensons au plaisir.

— Du plaisir? C'est ça que tu veux? dit-il en jouant avec la pointe de ses seins.

— Hmm.

Tout son corps vibrait de désir. Elle n'avait jamais été aussi excitée.

— J'ai envie qu'on se pelote dans une voiture comme des ados.

— Je veux bien jouer à ce jeu-là avec toi, du moment que tu sais ce que tu fais.

— Je ne sais pas du tout ce que je fais ; je n'ai jamais fait ça dans une voiture. J'espère que tu sais, toi.

Elle se cala sur son sexe tendu et passa les mains sous sa chemise pour les poser sur son torse musclé.

— Ça va, comme ça, ou est-ce que je suis trop directe ?

— Je crois que j'arrive à suivre. Si tu veux jouer, je suis partant.

Elle le désirait avec une violence, un abandon qu'elle n'avait jamais ressentis. Elle désirait être peau contre peau, caresser et être caressée. Tout en le regardant au fond des yeux, elle commença d'ouvrir son jean.

— Oui, j'ai envie de jouer.

Comme la fermeture Eclair résistait, elle le caressa à travers l'étoffe. Il lui releva le pull jusqu'au menton et se remit à caresser ses seins.

— Il fait trop noir. J'ai envie de te voir.

— Moi aussi, j'ai envie de te voir.

Elle essaya à nouveau d'ouvrir la fermeture Eclair, mais Gideon lui écarta les mains qu'il embrassa l'une après l'autre.

— Attends. Moi d'abord.

Il dégrafa son soutien-gorge et lui retira son pull, exposant ses seins au clair de lune.

— Encore plus beaux que dans mon souvenir, dit-il en les caressant. Quand on se pelote dans une voiture, la tradition veut que le garçon persuade la fille d'aller sur la banquette arrière. J'espère que je ne me débrouille pas trop mal.

— Continue à parler.

Gideon lui déboutonna son jean, le lui retira en même temps que sa culotte et glissa les doigts entre ses cuisses.

Il s'interrompit le temps de retirer son pantalon, d'en sortir un préservatif. Zoe le lui prit des mains avec impatience et le lui mit en l'embrassant avidement.

Enfin il se glissa en elle et elle se mit à bouger. Tout en jouant de sa langue sur la pointe d'un sein, Gideon demanda :

— On va sur la banquette arrière ?

— Pas encore. Ne t'arrête pas, surtout !

— Même si je le voulais, je ne pourrais pas…

Au sommet du plaisir, elle crut entendre quelqu'un crier et réalisa que c'était elle. Gideon l'accompagna dans la volupté en gémissant son nom.

Toute molle, Zoe s'effondra contre lui et Gideon l'entoura de ses bras. Soudain, quelque chose heurta la vitre.

Zoe sursauta et se cacha la poitrine. Puis elle se rendit compte qu'une buée épaisse recouvrait les vitres, les cachant heureusement à la vue des passants.

Gideon l'aida à se dégager. Elle se débarrassa

vivement de sa culotte, restée enroulée à l'une de ses chevilles, et remit son jean. Pendant qu'elle enjambait le levier de vitesse, il lui tendit son pull tout en reboutonnant son propre jean.

— Ouvrez immédiatement ! ordonna quelqu'un à l'extérieur.

Zoe renfila son pull tandis que Gideon cachait son soutien-gorge sous le siège. Enfin, elle inspira profondément et abaissa la vitre.

— Qu'est-ce que... Zoe ?

— Bonsoir, Jamie.

Elle allait mourir de honte, c'était sûr.

— Mais qu'est-ce que tu fous là ?

— Je te présente Gideon Tate. Vous vous êtes déjà vus au foyer, l'autre soir. Tu ne te souviens pas ?

Gideon se pencha vers la vitre ouverte.

— N'êtes-vous pas légèrement en dehors de votre juridiction, Jamie ? Ce parc est très éloigné de Spruce Lake...

— Nous y effectuons des patrouilles pour rendre service à la police du comté.

Après avoir examiné Gideon, le policier se tourna de nouveau vers Zoe.

— Tu es sûre que ça va ? Il m'a semblé entendre crier.

Zoe sentait ses joues en feu.

— Ça va, Jamie. Gideon et moi étions en train de discuter.

Jamie l'examina. Elle était rouge et sûrement décoiffée, songea Zoe. Il allait sûrement remarquer qu'elle ne portait pas de soutien-gorge. Avec un peu de chance, il n'apercevrait pas sa culotte qui devait traîner aux pieds de Gideon !

— Si vous alliez terminer cette conversation à la maison ?

— C'est ce que nous allons faire, oui. A plus, Jamie.

Elle allait mettre le contact quand le policier revint à la charge.

— Je vous conseille de discuter en privé, à l'avenir.

— Au moins, je parle aux gens. Helen et toi feriez bien de discuter un peu ensemble, vous aussi.

— Helen n'a rien à voir là-dedans.

— Alors ne me parle pas sur ce ton.

Elle remonta sa vitre et attendit que Jamie se soit éloigné.

— C'est ce qu'on appelle une situation humiliante, dit-elle enfin.

— J'ai trouvé ça plutôt drôle ! s'esclaffa Gideon. Surtout la manière dont tu t'en es prise à lui, à la fin.

— Je sais que Jamie n'oubliera pas cet incident. Alors j'ai pensé que je devais contre-attaquer à titre préventif.

— J'ai oublié de te parler d'un des principaux charmes qu'il y a à se peloter dans une voiture : se faire pincer. Tu as envie de remettre ça ?

— Je crois que j'ai eu ma dose d'excitation pour ce soir.

# Chapitre 17

Lorsqu'elle arriva devant chez Gideon, Zoe avait les mains crispées sur le volant. Qu'allait-il se passer, maintenant ?

Qu'avait-elle envie qu'il se passe ?

Voulait-elle rester toute la nuit avec lui ?

Ils s'étaient un peu emballés, au parc. Loin de se livrer à un simple exercice de flirt, ils avaient fait l'amour. Des instants intenses et passionnés, mais auxquels ils s'étaient livrés uniquement dans le feu de l'action. Ils s'étaient laissé entraîner par leurs hormones.

A présent, elle devait décider si elle avait suffisamment envie de lui pour lui demander de rester.

Aurait-elle le courage de prendre ce qu'elle désirait ?

— Nous voilà revenus à notre point de départ, dit-elle.

— Pas tout à fait.

— Tu veux qu'on aille chez moi ? lâcha-t-elle pendant qu'il était encore temps.

— Qu'est-ce que tu me demandes là ?

Le moteur tournait au ralenti. Elle hésita un instant avant de regarder Gideon en face.

— A ton avis ?

— J'espère que tu me demandes de passer la nuit avec toi.

Il lui décolla la main du volant et y déposa un baiser.

— Je serais ravi de faire l'amour avec toi d'une façon ennuyeuse et conventionnelle, autrement dit dans un lit.

— Eh bien, c'est exactement ce que je te demande.

— Alors ma réponse est oui.

Elle prit la route qui conduisait chez elle et roula vite, pressée d'arriver. Gideon ne la toucha pas une seule fois avant qu'ils soient dans la maison. Quand la porte fut refermée, il vint derrière elle, l'attira contre lui et lui mordilla le cou.

— Tu es horriblement tendue. Tu es sûre que je peux rester ?

— Sûre. Je suis juste un peu nerveuse.

C'était ridicule, après ce qui s'était passé dans la voiture, cependant c'était franchir un grand pas que d'inviter Gideon à passer la nuit chez elle.

Il lui prit la main.

— Si tu me montrais ta chambre ? On doit pouvoir faire quelque chose pour calmer toute cette tension…

Gideon commençait à avoir froid, mais il ne voulait pas bouger. C'était au-dessus de ses forces. Il ressentait encore l'effet de l'orgasme le plus violent qu'il ait jamais connu et voulait rester comme il était, uni à Zoe. Et cela lui faisait peur.

Il ne se sentait pas prêt à compter pour quelqu'un, à être responsable de quelqu'un.

Il ne l'avait jamais été. Dans le cas contraire, il aurait protégé son frère de leur père. Il aurait compris le monstre qu'était Wallace.

Comme Zoe remuait contre lui, il oublia son père. Il ne voulait pas penser à lui cette nuit.

Zoe avait passé ses bras autour de lui et une jambe autour de sa cuisse. Ils ne faisaient presque qu'un.

Il roula sur le dos, l'entraînant avec lui, sur lui.

— C'était fantastique, lui murmura-t-il dans le cou. Tu es fantastique.

— Merci.

— Pour quoi ?

— Merci d'avoir su apaiser ma tension. Je crois que je vais être très souvent tendue.

— Quand tu veux, mon chou.

— Au parc, c'était bien, mais c'était un peu comme manger des bonbons quand on a un creux. Ça coupe la faim, mais ça ne rassasie pas.

— Et maintenant ?

— J'ai l'impression d'avoir fait un festin. Je me sens complètement rassasiée.

— Complètement, tu es sûre ?

Comme il lui mordillait le cou, elle frémit contre lui. Il roula par-dessus elle.

— On n'a pas encore mangé le dessert, ajouta-t-il.

***

Zoe dormait à poings fermés, étendue sur le lit dans un rayon de lune. Gideon avait dormi, lui aussi, mais quelque chose l'avait réveillé.

Retenant son souffle, il tendit l'oreille. Voilà que ça recommençait. Comme un grincement. Cela semblait venir de l'arrière de la maison.

Il se glissa hors du lit, enfila son jean et descendit dans la cuisine. Les fenêtres donnant sur le jardin étaient à moitié couvertes par des rideaux et le clair de lune inondait la table. L'un des rideaux bougea légèrement, comme soulevé par un courant d'air.

Il n'y avait pas d'intrus dans la maison, mais il n'avait pas rêvé ce bruit.

Comme il s'approchait de la fenêtre, le plancher craqua sous ses pieds.

Dehors, il y eut un choc mat suivi d'un bruit de course. Tirant le rideau, Gideon scruta la nuit.

Un homme courait en direction du garage.

Après avoir perdu du temps à trouver comment fonctionnait le verrou, il ouvrit la porte donnant sur le jardin et trébucha sous le porche. Il se retint de justesse à la balustrade, sauta en bas des marches et courut dans la direction où l'homme s'était enfui. En arrivant à la hauteur du garage, il entendit un bruit de moteur qui démarrait dans la rue derrière la maison.

L'inconnu serait déjà loin avant qu'il ne soit sorti du jardin, songea Gideon, et il ne voulait pas laisser Zoe seule.

En remontant les marches, il aperçut un objet rectangulaire sur le côté. Une brique enveloppée d'un papier. Il s'était accroupi pour lire le message sans y toucher quand Zoe, vêtue d'un peignoir, apparut à la porte.

— Que se passe-t-il ?

— J'ai entendu un bruit et je suis descendu voir. J'ai vu quelqu'un s'enfuir.

— Et tu lui as couru après ? Tu es fou ?

— Tu étais en sécurité. Je n'ai pas perdu de vue la porte une seconde.

— Je n'ai jamais dit que j'ai eu peur. Ce que je voulais dire, c'est qu'il aurait pu t'arriver quelque chose.

Elle alluma la lumière extérieure et remarqua la brique aux pieds de Gideon.

— Qu'est-ce que c'est ?

— C'était sous le porche. C'est écrit : « Occupe-toi de tes oignons, salope. »

— Sympa. Quel est l'imbécile qui a laissé ça là ?

Comment pouvait-elle prendre cet incident autant à la légère ?

— Zoe, il s'apprêtait probablement à jeter ça sur un de tes carreaux.

— Ce ne serait pas la première fois. Rentre. Nous nous occuperons de ça demain.

— Il faut appeler la police. Ils pourront peut-être rattraper ce type.

— Il doit déjà être rentré chez lui, depuis le temps. Spruce Lake est une petite ville.

— Il faut quand même appeler la police.

— J'appellerai demain matin. On ne peut rien faire à cette heure-ci.

— Retourne te coucher. Je vais vérifier qu'il n'y a rien d'autre d'anormal.

Lorsque Zoe se réveilla le lendemain, le soleil brillait dans sa chambre. Elle s'étira, savourant la chaleur sur sa peau nue.

Des souvenirs de la nuit passée lui revinrent à la mémoire. Souriant, elle tendit le bras vers Gideon et ne rencontra que les draps froids. L'empreinte de sa tête sur l'oreiller était froide, elle aussi.

Elle s'enroula dans le dessus-de-lit tout en contemplant le lit vide. Il était donc parti sans la réveiller ? Sans lui dire au revoir ?

Même après l'incident survenu un peu avant l'aube ?

Peut-être était-il en colère contre elle parce qu'elle avait refusé d'appeler la police sur-le-champ…

Ils avaient fait l'amour plusieurs fois et la nuit avait été fabuleuse. A présent, le soleil brillait et il était parti. Etait-elle censée reprendre son train-train habituel comme s'il ne s'était rien passé d'extraordinaire ? Devait-elle être satisfaite de se réveiller seule après une nuit d'amour ? Etait-ce ce que faisaient les vrais adultes, savourer l'instant et passer ensuite à autre chose ?

Elle lança contre le mur l'oreiller de Gideon, se leva et enfila son peignoir, après quoi elle défit le lit.

L'odeur de Gideon, les effluves de l'amour imprégnaient tout. Elle jeta les draps dans le panier de linge sale et enfila son peignoir.

Il était parti ? Tant mieux ! S'il était resté, elle aurait peut-être dit par mégarde quelque chose qu'elle ne pensait pas, qu'elle aurait regretté plus tard. En son absence, elle avait le temps de se ressaisir, de se calmer. Elle inspira profondément et descendit dans la cuisine se préparer du café. Elle allait en avoir besoin en grande quantité.

Gideon était planté devant une des fenêtres de la cuisine, en train de visser quelque chose.

— Bonjour ! lui lança-t-il par-dessus son épaule.

— Je… j'ai cru que tu étais parti.

— Non. Tu crois que je t'aurais laissée sans m'être assuré de ta sécurité ?

Il se retourna vers la fenêtre et reprit son ouvrage.

— Qu'est-ce que tu fais exactement ?

— Je remplace les verrous de tes fenêtres. Ils étaient bien trop légers. Un enfant aurait pu les faire sauter.

— Quoi ?

Elle se précipita vers la fenêtre. Ses jolis verrous décoratifs en cuivre patiné avaient disparu, remplacés par d'horribles machins chromés avec serrure.

— Où as-tu trouvé ça ?

— Au magasin d'outillage. Il ouvre de bonne heure.

Il avait déjà remplacé celui de l'autre fenêtre et la porte donnant sur l'extérieur arborait elle aussi un verrou tout neuf. Zoe tenta de ne pas s'emporter. Après tout, Gideon n'avait cherché qu'à rendre service. Il croyait faire quelque chose de gentil pour elle.

— Tu ne crois pas que tu aurais pu me demander mon avis ?

— Je voulais avoir terminé avant que tu partes travailler. Pour que la maison soit protégée en ton absence.

— Personne ne va entrer ici pendant la journée.

— Tu en es vraiment sûre ?

— Où est la brique avec le message ?

— La police l'a emportée. Ils vont relever les empreintes sur le papier.

— Tu as appelé la police pendant que je dormais ?

— Tu avais beaucoup de sommeil à rattraper ; je ne voulais pas te déranger.

— Gideon, laisse cette fenêtre. Il faut qu'on parle.

— Qu'y a-t-il ?

— Je sais que tu as agi avec les meilleures intentions du monde, mais tu ne crois pas que tu pousses un peu ? Tu changes mes verrous, tu appelles la police…

Un des anciens verrous, posé sur la table, arborait une belle éraflure.

— … tu démontes mes verrous à l'ancienne que j'ai mis des mois à dénicher…

Il semblait ne rien comprendre à sa colère.

— Ils n'étaient pas assez solides. Avec ça, pénétrer chez toi était un jeu d'enfant.

— Je m'en moque ! C'étaient les miens. Les verrous

que je voulais voir sur mes fenêtres. Tu n'avais pas le droit de les démonter sans me demander mon avis !

Gideon reposa doucement le tournevis sur la table.

— Je voulais seulement assurer ta protection.

Zoe ne se sentait pas protégée : elle se sentait acculée, étouffée.

Sous contrôle.

— Tu essaies de diriger ma vie. Tu te conduis comme si je n'étais pas capable de veiller sur moi-même.

Elle ramassa l'ancien verrou et frotta l'éraflure.

— Je crois que tu ferais mieux de partir, Gideon.

Il rassembla les outils et les rangea soigneusement dans le tiroir où il les avait trouvés.

— C'était la dernière fenêtre. Les nouvelles clés de la porte sont sur la table.

Elle le regarda s'éloigner dans la rue jusqu'à ce qu'il disparaisse. Puis, les yeux rivés aux gros verrous disgracieux qui ornaient désormais les fenêtres, elle s'appuya contre la porte.

Adieu, les lendemains qui chantent ! songea-t-elle. On baisse sa garde devant un homme, on partage sa couche avec lui, et voilà qu'il se croit autorisé à tout diriger…

Ça lui apprendrait à prendre ses rêves pour des réalités. On ne se réveillait pas un beau matin en décidant qu'on était amoureuse.

On pouvait s'entendre merveilleusement au lit sans être amoureuse.

A moins que… N'était-ce pas justement parce qu'elle était tombée amoureuse que cette nuit avait été si fantastique ?

Non. Elle ne pouvait pas tomber amoureuse de Gideon. Il était exactement comme son frère : il la considérait comme sa propriété.

Jamais plus elle ne serait la propriété de quiconque !

Pas même de Gideon.

# Chapitre 18

— Vois ce que tu peux faire, Helen. Obtiens une injonction. Il menace sa femme et commence à me taper sérieusement sur les nerfs.

— Je m'en occupe, Zoe.

Zoe raccrocha et jeta le dossier de Marilu Halvorsen un peu plus loin sur son bureau qui avait tout d'un champ de bataille, rattrapant au passage deux notes roses qui faillirent s'envoler. Jesse Halvorsen ne voulait rien entendre. Il harcelait sa femme depuis que Jamie Evans les avait amenées au foyer, sa fille et elle.

Dans un premier temps, il avait essayé d'amadouer Zoe par la douceur. Ensuite, il s'était mis à lui parler comme à une attardée mentale, en lui expliquant que sa femme et sa fille avaient besoin de lui.

A présent, il passait aux menaces. Zoe se sentait plutôt d'humeur belliqueuse, mais elle n'allait pas céder à la tentation. Ce serait une erreur.

Jesse Halvorsen était-il l'homme qui avait laissé le message de menace chez elle la nuit précédente ?

Il était grand temps qu'elle appelle la police. Peut-être avaient-ils trouvé des empreintes digitales.

C'était une bonne chose que la police ait été

prévenue aussitôt. Elle devait bien l'admettre, même si elle en voulait toujours à Gideon de l'avoir fait.

Elle n'eut pas le temps de composer le numéro que le téléphone sonna de nouveau. Elle décrocha d'un geste sec.

— Ecoutez, monsieur Halvorsen. Je vous ai déjà demandé de ne plus m'appeler. Votre épouse ne souhaite pas s'entretenir avec vous.

— Euh… bonjour, Zoe.

Elle reconnut la voix de Bree.

— Désolée, Bree. J'ai cru que c'était quelqu'un d'autre.

— Quelqu'un qui t'embête ?

— Oui, mais j'aurais dû préalablement regarder le numéro qui s'affichait.

Le manque de sommeil et les émotions de la nuit précédente l'avaient plongée dans une sorte de brouillard.

— J'ai appris du nouveau, au lycée, ce matin. A propos de Barb.

— Une seconde…

Zoe alla fermer la porte de son bureau.

— Tu disais…

— Un groupe d'enseignants va dîner en ville et jouer au bowling, ce soir. Ils m'ont demandé si je voulais me joindre à eux.

— C'est génial ! Tu vas bien t'amuser. Tu veux que je reste avec Charlie ?

— Merci, mais Fiona sera là. Je crois qu'ils ont prévu de se commander une pizza.

Bree semblait surprise que Zoe lui ait fait cette

offre. Cela blessa un peu Zoe, d'autant qu'elle aurait aimé passer plus de temps avec son neveu.

— Tu peux te joindre à eux, si tu veux. Charlie sera ravi.

— Je verrai. Merci, Bree. Mais quel est le rapport avec Barb ?

— Elle était invitée aussi, mais elle a dit qu'elle était déjà prise, ce soir. Je croyais qu'elle logeait toujours au foyer.

— C'est le cas…

Zoe consulta rapidement l'emploi du temps affiché au mur. Un atelier d'autodéfense était prévu en fin de journée.

— Nous avons une activité, ce soir. C'est probablement à ça qu'elle faisait allusion.

— Bien. Je suis contente qu'il y ait une explication logique.

— Merci quand même de m'avoir prévenue.

— Je t'en prie. Ce foyer est une planche de salut pour beaucoup de femmes et d'enfants. Je ne voudrais pas que certaines personnes en profitent abusivement.

Soudain émue, Zoe déglutit avec difficulté.

— Merci, Bree. Ça me touche beaucoup.

— Tu as vraiment trouvé le créneau idéal pour épanouir ton côté autoritaire, plaisanta Bree.

— Si tu le dis ! Bon, amuse-toi bien, ce soir.

Surprise et rassérénée par les paroles de sa sœur, Zoe alla se chercher un café dans le salon, où elle avait aperçu Barb un peu plus tôt.

Elle y était toujours, occupée à écrire dans un

calepin. Deux bébés jouaient par terre, tandis que leurs mères s'entretenaient à voix basse, assises sur un canapé.

Zoe s'assit près de Barb, suffisamment loin des deux femmes pour ne pas les déranger dans leur conversation.

— Comment allez-vous, Barb ?

— Ça va. Je vous remercie.

— Comment se présente votre dossier ? Votre avocate vous a fait préparer votre témoignage ?

Barb cessa de sourire et détourna les yeux.

— Je l'ai eue plusieurs fois au téléphone. Elle a du mal à se libérer pour venir de Green Bay.

— C'est un peu loin, effectivement.

Zoe ignorait toujours pourquoi Barb n'avait pas pris un avocat de Spruce Lake, mais le moment était mal choisi pour lui poser une nouvelle fois la question.

— Une instructrice d'arts martiaux doit venir ce soir donner un cours d'autodéfense. Vous y participerez ?

— Je ne crois pas. J'ai encore des douleurs.

— Vous pouvez vous contenter de regarder sans participer. On apprend beaucoup aussi de cette manière.

— Je comptais prendre un bain pendant que tout le monde assisterait à cette démonstration, et aller me coucher de bonne heure.

— Comme vous voudrez, Barb. Vous savez qu'on ne vous oblige à rien, ici, en dehors des réunions de groupe.

— Merci, Zoe.

Songeuse, Zoe alla se chercher un café pour la forme. Bree avait-elle vu juste ? Barb avait-elle prévu de s'éclipser du foyer pour retrouver son amant ?

Assise dans sa voiture, Zoe attendait. Le foyer était situé à l'angle de deux rues, ce qui rendait la surveillance facile. « Dommage qu'une telle surveillance soit nécessaire », se dit-elle en essuyant la condensation qui commençait à se former sur son pare-brise.

De là où elle était garée, elle pouvait voir toute personne sortant du foyer, que ce soit par la porte principale ou par la porte de service. C'était une nuit d'avril glacée, et elle patientait depuis une heure, sa vitre légèrement entrouverte pour éviter d'accroître la condensation. Elle commençait à avoir froid. Depuis qu'elle était là, personne n'était sorti de la maison.

En se méfiant d'elle, elle avait l'impression de trahir Barb. Il devait y avoir une explication logique à son attitude. Peut-être ne souhaitait-elle pas sortir avec ses collègues et était-elle, comme elle le lui avait annoncé, en train de prendre un bain avant de se coucher.

Le téléphone de Zoe sonna. Elle vérifia le nom qui s'affichait : Gideon.

— Allô !

— Bonsoir, Zoe. Qu'est-ce que tu fais ?

Il semblait sur la défensive, comme s'il doutait de l'accueil qu'elle allait lui réserver.

— Je suis toujours au foyer. Je… règle un petit détail.

— Si on dînait ensemble ? Je crois que nous devons parler.

C'était exactement ce qu'elle avait eu l'intention de lui dire dès qu'elle le verrait, mais il lui coupait l'herbe sous le pied.

— D'accord, mais je ne sais pas à quelle heure je vais terminer ici.

Gideon ne répondit pas. S'imaginait-il qu'elle inventait des excuses pour l'éviter ?

— Je ne cherche pas à t'éconduire. J'ai un problème au foyer, et je ne sais pas à quelle heure je vais pouvoir me libérer.

— Quel genre de problème ?

— Rien de grave ni de dangereux, le rassura-t-elle. Juste un problème avec une résidente. J'espère pouvoir le régler rapidement.

— Bon… Pourrais-tu m'appeler dès que tu auras terminé ?

— Il est possible que ce soit tard.

— Aucune importance. J'aimerais vraiment te voir, Zoe.

Elle sentit son cœur s'emballer. Elle avait toujours envie de lui, malgré ce qui s'était passé le matin.

— Moi aussi.

— Rappelle-moi.

Il raccrocha sans attendre sa réponse.

Refermant son téléphone, Zoe reprit sa surveillance sans vraiment voir ce qu'elle regardait. C'était le visage de Gideon qui s'imposait à elle, dans le feu de la passion, en train de l'embrasser, de lui faire l'amour.

Ou encore dans la cuisine, un tournevis à la main, en train de remplacer les verrous des fenêtres et de la porte.

Pourquoi avait-il eu ce comportement primitif avec elle ? Elle le croyait pourtant différent, suffisamment sûr de lui pour ne pas se sentir obligé de dominer une femme. S'était-elle trompée à propos d'un homme une fois de plus ?

Elle comptait bien en avoir le cœur net dès ce soir.

Alors qu'elle s'apprêtait à conclure que Barb ne sortirait pas ce soir, une voiture s'immobilisa quelques instants devant le foyer avant d'aller se garer un peu plus loin. Le moteur tournait, comme en témoignaient les gaz sortant du pot d'échappement.

Pour la énième fois, Zoe essuya le pare-brise du revers de sa manche. Elle tenta de lire la plaque minéralogique mais la distance était trop grande. La voiture en question était une berline sans rien de particulier, peut-être vert foncé.

Le conducteur attendait-il quelqu'un du foyer ? Barb ? Zoe mit le contact et avança lentement pour tenter de déchiffrer la plaque d'immatriculation. Celle-ci étant maculée de boue, elle ne put distinguer que deux lettres et un chiffre.

Peut-être ne s'agissait-il pas de l'amant de Barb,

mais d'une autre personne ? Jesse Halvorsen, par exemple, qui l'avait déjà menacée ?

Un peu inquiète, elle voulut sortir son téléphone portable, perdu dans le fouillis de son sac. Elle allait appeler la police, leur demander de venir patrouiller dans le secteur et de contrôler l'identité de cet automobiliste.

Du coin de l'œil, elle vit un homme sortir de la berline et courir dans sa direction. Abandonnant ses recherches, elle attrapa la batte de base-ball qu'elle gardait toujours sur la banquette arrière. Un instant plus tard, un homme qu'elle ne connaissait pas posa les mains sur sa vitre et scruta l'intérieur de la voiture.

— Qui êtes-vous ? dit-il. Qu'est-ce que vous faites ici ?

Zoe brandit la batte de façon que l'inconnu la voie distinctement.

— Et vous, qui êtes-vous ? Et que faites-vous là ?

— Ça ne vous regarde pas. Vous m'espionnez ou quoi ?

— Tout dépend de ce que vous êtes venu faire ici.

L'homme se tourna vers le foyer, puis donna un coup du plat de la main contre la portière en poussant un juron.

Sans un mot de plus, il regagna sa voiture en courant, remonta à bord et démarra en trombe.

Zoe devait absolument découvrir qui il était. Elle ne faisait pas de publicité sur l'adresse du foyer, mais quelqu'un de bien décidé pouvait la trouver sans trop de difficultés.

Quelqu'un qui chercherait à se venger ?

Reposant la batte sur le siège du passager, elle se lança à la poursuite de l'inconnu. Ignorant la limitation de vitesse, elle suivit les feux arrière qui brillaient à quelques centaines de mètres devant elle. La voiture tourna à droite et Zoe arriva juste à temps pour la voir s'engager sur Main Street.

L'inconnu eut la chance de passer au vert tous les feux de l'avenue. Zoe dut accélérer pour le suivre dans le quartier résidentiel qui s'étendait à la périphérie de la ville. Elle passa plusieurs fois à l'orange mais dut s'arrêter à un feu rouge. Quand elle put enfin redémarrer, la berline avait disparu.

Elle se gara le long du trottoir, dans l'espoir de la voir repasser, mais sans conviction. En tout cas, elle avait pu distinguer en partie sa plaque d'immatriculation.

Finalement, elle fit demi-tour et retourna au foyer. Elle alla voir Sharon, la responsable, qui ne lui signala rien d'inhabituel. A sa connaissance, personne n'était sorti.

Elle regagnait sa voiture quand son téléphone sonna. C'était Gideon.

— Je viens juste de terminer, lui annonça-t-elle. Je serai chez moi dans quelques minutes.

Il y eut un silence.

— Je reviens du foyer, dit enfin Gideon. On m'a dit que tu étais partie depuis environ deux heures.

— C'est un peu compliqué. C'est en partie vrai.

— Que se passe-t-il, Zoe ? Est-ce que tout va bien ?

— Oui, ne t'inquiète pas. Si tu veux passer chez moi, je te raconterai tout.

— Je t'y rejoins.

Elle se mit au volant un peu troublée. Malgré la manière un peu bizarre dont ils s'étaient quittés, malgré ses doutes le concernant, elle avait toujours envie de le revoir.

C'est le cœur battant qu'elle regagna son domicile.

Gideon attendait sous le porche, installé dans la balancelle. A côté de lui, le sac du Pasta Bowl où il avait acheté un dîner à emporter qui avait refroidi depuis longtemps.

En voyant la voiture approcher, il se rua dans le jardin. Zoe s'était à peine arrêtée qu'il ouvrit la portière.

— Tout va bien ?

— Bien sûr. Qu'est-ce qui te fait craindre le contraire ?

— Tu avais l'air sur tes gardes, au téléphone.

— J'ai eu une longue journée, répondit-elle en soupirant.

— Je vais prendre ta serviette.

En se penchant pour l'attraper sur le siège du passager, il fut surpris de découvrir une batte de base-ball.

— Tu as disputé un match ?

— Non. C'est Louie.

Elle jeta la batte sur le siège arrière.

— Je l'ai toujours dans la voiture, au cas où je rencontrerais un mari mécontent.

Cette fois, Gideon s'inquiéta pour de bon.

— Où étais-tu, ce soir ?

Elle regarda la main qu'il avait posée sur son bras, puis se dégagea en douceur.

— Je te le raconterai à l'intérieur. J'ai froid.

Pendant qu'elle ouvrait la porte, il alla chercher le sac du traiteur.

— Qu'est-ce que c'est ?

— Je me suis dit que tu n'aurais probablement pas mangé. Ce sont des lasagnes aux épinards du Pasta Bowl.

— Le plat que j'ai commandé le soir où nous y avons dîné… Merci, Gideon.

Elle l'embrassa sur la joue et recula avant qu'il n'ait le temps de la retenir.

Sans être expert en relations humaines, il pouvait dire que les leurs s'étaient singulièrement rafraîchies depuis la nuit dernière. Zoe était-elle gênée de s'être emportée ce matin ?

— Je vais les faire réchauffer, proposa-t-il.

— Merci. J'arrive tout de suite.

Elle alla dans sa chambre, dont elle ferma la porte. Deuxième indice. Quelque chose n'allait pas.

Pendant que les lasagnes chauffaient, il inspecta les fenêtres et la porte. Tout semblait tel qu'il l'avait laissé. Il vérifiait les fenêtres du salon quand Zoe revint, vêtue d'un jean et d'un pull.

— Je suis content que tu…

— J'allais justement…

Ils s'interrompirent car ils avaient parlé en même temps.

— Toi d'abord, dit enfin Zoe en s'asseyant sur le canapé.

Il lui prit la main, qu'elle avait glacée, et la lui réchauffa entre les siennes.

— Tu devais me raconter ce qui s'est passé au foyer.

Elle replia ses jambes sous elle en soupirant, mais laissa sa main entre les siennes. Voilà qui devait être interprété comme un présage favorable.

— Quelqu'un m'a appris qu'une des pensionnaires de Safe Harbor se servait peut-être du foyer pour dissimuler une liaison. On m'a informée qu'elle risquait de sortir en douce ce soir pour rejoindre son amant. Alors, je me suis postée dans ma voiture pour voir ce qui allait se passer.

— Pas étonnant que tu sois gelée.

— C'est vrai ; j'y suis restée plus de deux heures. C'est là que je me trouvais la première fois que tu as appelé.

— Et que s'est-il passé ?

Elle lui expliqua qu'elle avait repéré un véhicule, dont le conducteur était venu la voir. Instinctivement, Gideon lui serra la main plus fort.

— Ensuite, il est parti. Alors je l'ai suivi, mais j'ai dû m'arrêter à un feu rouge et je l'ai perdu. Je n'ai pu voir que deux lettres et un chiffre de sa plaque d'immatriculation.

— Tu l'as suivi ! Mais qu'est-ce qui t'a pris ?

— Il fallait que je sache qui c'était. Je dois savoir qui a découvert l'adresse du foyer. C'était peut-être le fameux amant de cette pensionnaire, mais ça peut aussi être un mari furieux. Ça pourrait représenter un danger pour nous.

Elle parlait comme si se lancer à la poursuite d'un individu potentiellement dangereux était la chose la plus raisonnable du monde.

— Pourquoi n'as-tu pas appelé la police ?

— Il aurait été loin le temps que la police arrive.

— Enfin, Zoe, tu es complètement folle !

# Chapitre 19

Visiblement choquée, Zoe retira sa main et s'éloigna à l'autre bout du canapé.

— Comment as-tu pu avoir l'idée de suivre un type en colère qui était sorti de sa voiture pour t'intimider ?

— Je voulais relever son numéro d'immatriculation. Je ne risquais absolument rien.

— C'est pour ça que tu avais une batte de base-ball à portée de main ?

— J'ai toujours Louie dans la voiture depuis que j'ai ouvert le foyer. C'est une petite ville, ici. Les gens savent qui je suis. Je n'ai pas envie d'avoir peur tout le temps ; j'ai suffisamment donné, à l'époque où j'étais mariée.

Ne comprenait-elle donc pas qu'elle avait agi au mépris du danger ? Qu'elle avait pris des risques ?

Gideon se leva d'un bond.

— Ecoute, Zoe. J'ai bien reçu le message : tu es parfaitement capable de veiller sur toi, tu es une femme intelligente et compétente. Mais affronter seule un homme en colère est une grossière erreur.

— Ne me parle pas sur ce ton, Gideon ! De toute façon, je n'ai pas affronté cet homme. Je suis restée dans ma voiture. A aucun moment je n'ai couru le moindre danger.

— Qu'espérais-tu faire, au juste ?

— Découvrir si Barb se sert de nous.

— Barb ? Barb Johnson a quelque chose à voir là-dedans ?

Zoe blêmit.

— Oublie ce que je viens de dire, Gideon.

— Je me fiche pas mal de Barb Johnson ! Et je n'arrive pas à croire que nous ayons ce genre de conversation après ce qui s'est passé la nuit dernière.

Il se rappelait à quel point il avait eu peur pour elle en voyant l'inconnu traverser le jardin.

— C'est cela, dit Zoe. Parlons plutôt de cette nuit. Et de ce matin.

— Pourquoi de ce matin ?

Il n'avait rien fait de répréhensible : il avait rendu la maison de Zoe plus sûre. Il l'avait protégée. N'était-ce pas ce qu'un homme était censé faire pour la femme qu'il... Enfin, pour ceux qui comptaient à ses yeux ?

— Pourquoi es-tu allé acheter ces verrous aux aurores ? Ça ne pouvait pas attendre qu'on en ait parlé ?

— Il fallait les changer. J'ai pensé que tu serais d'accord.

— Il s'agit de ma maison, Gideon. C'est à moi de décider comment j'équipe mes fenêtres et mes portes. Tout comme j'étais libre de décider d'attendre dans ma voiture devant le foyer ce soir. Derrick me disait toujours ce que je devais faire. Il décidait de tout, il voulait m'ôter toute liberté. Je me suis juré que plus jamais je ne me retrouverais dans cette position.

— Es-tu en train de dire que je me conduis comme Derrick ?

— Je sais que tu ne me ferais pas de mal. Je n'ai pas peur de toi, si c'est ce que tu veux savoir. Mais sans recourir à la force, les hommes ont mille subtiles manières de dominer les femmes. Tu essaies de me contrôler, de me dire ce que je dois faire et comment je dois le faire.

Comme elle repoussait des mèches qui tombaient sur son front, il vit que sa main tremblait fortement.

— Est-ce que tu comprends ? demanda-t-elle.

Gideon pensa à son frère qu'il n'avait pas pu protéger de leur père, à la culpabilité avec laquelle il avait vécu depuis six ans. A présent, voilà que Zoe lui interdisait de la protéger. C'en était trop.

— Très bien, dit-il sans chercher à contrôler sa colère. Remets donc tes antiquités aux fenêtres, tous ces vieux trucs qu'un gosse de dix ans pourrait forcer ! Livre-toi sans défense aux malades qui décideront de se venger de toi. Mais n'espère pas que je sois là pour assister au spectacle. Je ne veux pas qu'une autre personne que… de mon entourage soit blessée, ou même tuée !

Sur ces mots, il sortit en claquant la porte derrière lui. Il avait presque rejoint la rue quand il revit le visage de Zoe. Sa lèvre qui tremblait, son visage d'une pâleur mortelle. Quand il s'était emporté, elle avait reculé jusqu'au mur.

Ce ne pouvait pas être seulement à cause de leur

désaccord : jamais il ne l'avait vue reculer devant l'affrontement. Il devait y avoir une autre explication.

Il retourna à la maison et trouva la porte fermée à clé. En regardant par la fenêtre, il ne vit rien. Peut-être était-elle dans la cuisine en train de manger ses lasagnes.

Puis il perçut un bruit, semblable au couinement d'un animal souffrant. C'est alors qu'il l'aperçut.

Elle était roulée en boule, par terre, dans un coin du séjour. Secouée par de violents sanglots, elle serrait ses bras autour de son corps comme pour l'empêcher de tomber en morceaux.

— Zoe ! Que se passe-t-il ?

Elle ne tourna pas la tête. L'avait-elle seulement entendu ?

Il retourna à la porte et essaya vainement de la forcer. Les verrous qu'il y avait installés étaient bel et bien efficaces.

— Zoe ! reprit-il en tambourinant à la porte. Ouvre !

Qu'allait-il faire s'il ne pouvait pas la rejoindre ni lui venir en aide ?

Ses sœurs. Il fallait aller les chercher.

Il courut à sa voiture et démarra en trombe. Zoe lui avait un jour montré la maison de son père. C'est là que ses sœurs séjournaient. Il ne restait plus qu'à espérer qu'elles ne soient pas sorties.

*
* *

— Zoe ? Zoe, je te vois. Ouvre-moi !

Quelqu'un secouait la poignée de la porte. Et cette voix était celle de Bree. Que faisait-elle ici ? Zoe releva la tête et essuya son visage inondé de larmes. Etait-il arrivé quelque chose à Charlie ? Ou à Fiona ?

Elle se leva tant bien que mal et se dirigea vers la porte d'un pas chancelant. Il lui fallut une éternité pour ouvrir les nouveaux verrous. Quand elle en fut venue à bout, Bree entra, se retourna un instant, puis referma derrière elle.

— Que se passe-t-il ? demanda Zoe. Il est arrivé quelque chose à Charlie ? C'est son cœur ?

— Charlie se porte comme un charme.

Bree la prit dans ses bras en la serrant très fort.

— Tout va bien, Zoe.

— Quoi ?

Elle ne comprenait plus rien. C'était comme s'il y avait eu un court-circuit dans son cerveau.

— Gideon est venu me chercher en disant que tu avais besoin de moi. Tu peux me dire ce qui s'est passé ?

— C'était horrible, répondit Zoe à voix basse. On s'est disputés. Il m'a crié dessus en me traitant de folle. J'ai cru voir Derrick. Il me traitait tout le temps de folle. Juste avant de me taper dessus, généralement.

— Gideon t'a traitée de folle ? Vraiment ? Il semblait fou d'inquiétude pour toi.

— Il s'est mis en colère à cause d'une chose que j'ai faite. Quand il a commencé à élever la voix, le souvenir de Derrick s'est mélangé à la situation présente. Chaque fois que Gideon disait quelque chose, c'était comme si Derrick était là, chez moi, en train de hurler à mes oreilles.

Elle avait extrêmement froid. Un froid terrible qui la paralysait.

— Tu as eu un flash-back, dit Bree. Je ne suis pas psy, mais je suis sûre que c'est ça. Viens t'asseoir et parle-moi, si tu veux. Charlie est avec Fiona. Je peux rester aussi longtemps que tu voudras.

— Ça a commencé cette nuit. Ou plutôt ce matin.

Elle rapporta à sa sœur l'incident de l'inconnu et du message anonyme, lui raconta comment, à son réveil, elle avait trouvé Gideon en train de bricoler dans la cuisine.

— Il avait changé les verrous des fenêtres et ceux des portes. Sans même m'en parler.

— L'ignoble individu ! plaisanta Bree. Il a eu le culot de vouloir te protéger !

— Il aurait dû m'en parler avant.

— Oui, il aurait dû. Mais j'imagine qu'il a ressenti l'urgence de te protéger et n'a pas réfléchi. Les hommes sont génétiquement programmés pour protéger femmes et enfants.

— Pas tous.

— C'est vrai. Seulement les meilleurs. Ecoute, Zoe. Il a exagéré, je ne dis pas le contraire, mais en tout état de cause, il l'a fait parce qu'il tient à toi. Tu aurais dû voir dans quel était il état quand il est venu me chercher.

— Tu prends sa défense ?

— Sûrement pas. C'est un Tate. En ce qui me concerne, il est toujours suspect et le restera encore un moment. Il a eu tort de faire ce qu'il a fait, Zoe, mais il l'a fait pour de bonnes raisons.

— Je me suis juré que plus jamais personne ne me contrôlerait. J'ai eu l'impression qu'il me dictait ma conduite.

— C'est ce qu'il a fait. Si tu le gardes, il va falloir qu'il change. Mais je suis sûre qu'on peut encore l'éduquer.

— Comment arrives-tu à me faire rire dans l'état où je suis ?

— C'est un don, chez moi.

— C'est vrai, Bree. C'est toujours toi qui nous remontes le moral. Tu étais notre seul rayon de soleil quand papa piquait ses crises. Tu as même réussi à le faire rire quelquefois. Merci, Bree.

— Je t'en prie. Bon, tu te sens mieux, maintenant ?

— Oui. Ça va.

— Gideon attend sous le porche. Il voudrait être sûr que tout va bien.

— Je ne veux pas lui parler ce soir.

Elle se sentait bien trop humiliée.

— Tu en es sûre ?

— Que veux-tu que je lui dise ? Je n'ai fréquenté aucun homme depuis la mort de Derrick. Aujourd'hui, j'en rencontre un qui compte pour moi et je réagis comme une cinglée à la première dispute.

— Eh bien maintenant, il sait que tu n'es pas parfaite. Ça tombe bien, parce que je n'ai pas l'impression qu'il recherche une femme parfaite. Bon, je vais rentrer à la maison. Alors, je lui dis d'entrer ou de partir ?

— Je ne sais pas...

— Il ne bougera pas d'ici tant qu'il ne sera pas rassuré. Donc, à moins que tu ne veuilles le voir passer la nuit sous le porche, tu ferais mieux d'aller lui parler.

Bree continua en agitant ses sourcils de façon comique.

— Moi, au moins, je te laisse le choix. Fiona, elle, t'aurait imposé de faire ce qu'elle aurait décidé.

— Je retire tout ce que j'ai dit de gentil sur toi !

— Je sais, je sais. Moi aussi je t'adore. Je t'appelle demain, d'accord ?

— D'accord.

Quelques instants plus tard, Gideon entra, referma la porte derrière lui et s'y adossa.

— Est-ce que ça va ?

— Tu veux dire, pour une folle ?

— Tu m'as fait terriblement peur.

— Je me suis fait peur à moi aussi.

— Peux-tu m'expliquer ce qui s'est passé ?

— Tu peux venir t'asseoir ; je ne vais pas recommencer.

Il alla s'asseoir, l'air hésitant, sur le canapé.

— J'ai eu un flash-back. C'est le mot de folle qui l'a déclenché. Derrick me traitait souvent de folle. C'était...

Elle se tut. C'était injuste de le comparer à son frère, mais il fallait bien qu'il comprenne.

— C'est parce que je suis son frère ? C'est ça ?

— Non. Enfin, peut-être. Je ne sais pas... C'est sûrement en partie pour ça, mais c'était une accumulation de choses : tu essayais de me dicter ma conduite, tu ne m'écoutais pas, tu m'avais traitée de folle...

Gideon écoutait sans rien dire. Elle avait sûrement les yeux rouges et gonflés, les cheveux en bataille, songea Zoe. Il n'était cependant pas question qu'elle lui présente des excuses pour la manière dont elle s'était conduite. Son passé faisait partie d'elle-même. Quant à Gideon, il avait eu tort.

— Tu ne veux pas qu'on veille sur toi, c'est ça ? Tu veux prouver que tu peux le faire toute seule ?

— Je ne veux pas de quelqu'un qui me ridiculise et refuse de m'écouter. Je ne veux pas qu'on me protège si ça revient à m'étouffer.

— Et c'est ce que j'ai fait ? Je t'ai étouffée ?

— Tu ne m'as pas laissé le choix en ce qui concernait les verrous. Tu as décidé seul de ce qui me convenait. J'ai besoin qu'on me laisse le choix, Gideon.

— Moi aussi, j'ai dû faire un choix. J'ai vécu six ans dans la culpabilité parce que je n'avais pas su protéger Derrick. Parce que je n'avais pas été suffisamment proche de lui. Je ne veux plus jamais ressentir cela. Je ne suis pas sûr de pouvoir rester à l'écart pendant que tu t'exposes au danger.

— Tu crois que ton sentiment de culpabilité te donne le droit de me dicter ma conduite ? Très drôle, vraiment ! Parce que c'est à cause de moi que tu te sens coupable. C'est de moi que tu n'as pas su protéger ton frère.

Gideon s'éloignait peu à peu sans qu'elle puisse le retenir. Comment combler l'abîme qui se creusait entre eux ?

— C'est ce que j'ai longtemps cru, dit-il. Aujourd'hui, je sais que le vrai coupable est mon père.

— Mais c'est moi qui ai tiré sur Derrick.

Elle se leva et alla jusqu'à la fenêtre avant de poursuivre.

— Je croyais que nous pourrions surmonter ce qui est arrivé à Derrick. Tout allait bien entre nous tant qu'il s'agissait simplement de s'amuser. Aujourd'hui, nous avons notre première vraie dispute et tout s'écroule. Ce n'est guère encourageant pour l'avenir.

— Est-ce que tu envisages un avenir avec moi ?

*Oui.*

— Quelle importance puisque, de toute manière, tu n'es pas d'accord avec mes conditions ?

— Tu me demandes d'être un autre homme.

— Non, je te demande de te mettre à ma place. Et tu en es apparemment incapable.

— J'essaie. Mais je ne suis pas d'accord avec toi, et je ne veux pas faire semblant.

Zoe hocha la tête en signe d'approbation, mais elle se sentait près de s'effondrer.

— Très bien. Si je décide de vivre dans un cocon complètement isolée du reste du monde, je te ferai signe. Quant à toi, si tu te décides à me laisser être moi-même, fais-moi signe. En attendant, il vaut mieux que nous ne nous voyions plus.

Cela avait été difficile à dire, mais elle n'entrevoyait pas d'autre solution. Jamais elle ne choisirait entre Gideon et cette confiance en elle et cette indépendance si chèrement acquises. Il lui avait fallu trop de temps et trop de souffrance pour y parvenir.

— Au revoir, Zoe.

Elle crut qu'il allait ajouter quelque chose, mais il lui tourna le dos et s'en alla.

# Chapitre 20

Gideon était assis à côté de Dave dans la petite salle de réunion qu'un cabinet d'avocats local avait mise à leur disposition. Il observa Dave qui rajustait sa cravate pour la énième fois. Pourquoi était-il aussi nerveux ? Après avoir tant insisté pour parler à sa femme, il allait enfin la voir.

C'est plutôt lui qui aurait dû être nerveux. Zoe allait sûrement avoir l'impression de tomber dans une embuscade, et il n'aimait pas ça.

Toutefois, quelle que soit l'issue de cette confrontation, elle serait sûrement le dernier acte de leur aventure ensemble.

Depuis le soir où elle lui avait demandé de partir, il l'avait eue au téléphone, mais seulement pour parler boulot. Même s'il la désirait, si elle lui manquait terriblement, elle exigeait trop de lui. Pas plus qu'elle n'était prête à changer pour lui, il ne pouvait devenir un autre homme pour elle.

Un bruit de talons retentit dans le couloir. Deux paires de talons. Gideon prit une profonde inspiration. Zoe arrivait avec Barb et tout allait se terminer aujourd'hui, d'une manière ou d'une autre. Alors peut-être pourrait-il essayer de l'oublier…

Zoe fit son entrée, vêtue d'un tailleur rouge très sexy. Gideon la salua. Elle connaissait de toute évidence les règles du jeu : porter la tenue adéquate pour contrôler la situation.

Elle aperçut Dave.

— Vous ne m'aviez pas dit qu'il serait là.

— Vous ne me l'avez pas demandé.

Barb s'était arrêtée net à la porte, l'air à la fois craintive et honteuse.

— Entrez et asseyez-vous, Barb, dit Gideon. Nous devons examiner certains détails.

— Barb n'a pas envie de parler avec Dave. Elle lui parlera à l'audience.

— Je suis persuadé que nous pouvons régler cela aujourd'hui, répliqua Gideon sans se démonter. Vous avez sûrement hâte de vous débarrasser de ce problème, tout comme Dave, n'est-ce pas, Barb ?

— Oui. Sûrement.

— Bien. Asseyez-vous, je vous en prie.

Zoe amena Barb à l'extrémité opposée de la table de conférence, le plus loin possible de Dave. Elle-même prit place en face de Gideon, avec un rictus pincé.

— J'espère que vous avez une bonne raison de nous avoir convoquées.

— J'en ai une. Mon client non plus ne sait pas pourquoi j'ai organisé cette rencontre. Il se trouve que j'ai eu connaissance de certaines informations qui, à mon sens, ont une grande incidence sur le dossier.

Zoe laissa échapper une exclamation de surprise.

— Vous n'allez tout de même pas…

Gideon poursuivit.

— Barb, est-il vrai que vous avez une liaison et avez inventé de toutes pièces vos accusations à l'encontre de mon client afin de dissimuler cette relation ?

L'intéressée pâlit et son regard affolé passa alternativement de Gideon à Dave.

— Quoi ? Qui vous a dit ça ?

— Peu importe.

Barb se ressaisit aussitôt. Elle ne manquait pas de sang-froid, constata Gideon.

— Bien sûr que si ! C'est exactement le genre d'histoire que Dave est capable d'inventer.

Jolie pirouette, mais Barb avait toujours été fine mouche, si les souvenirs de Gideon étaient exacts.

— Ce n'est pas Dave qui me l'a dit. Est-ce la vérité ?

— Absolument pas !

— Allons-nous-en, intervint Zoe en se levant. Vous n'êtes pas obligée de répondre.

— En effet, insista Gideon. Vous ne parlez pas ici sous serment et je ne peux pas vous obliger à répondre. Mais que se passera-t-il le jour de l'audience ? Ce jour-là, vous témoignerez sous serment. Il me reste largement le temps de découvrir l'identité de votre amant et de l'assigner à comparaître. Vous devrez alors témoigner tous les deux.

— C'est vrai ? demanda Barb à Zoe.

— Bien sûr. Et vous devez dire la vérité.

Zoe se rassit lentement, comme prise d'un doute.

— Est-ce vrai, Barb ? Avez-vous inventé toute

cette histoire à propos de Dave pour dissimuler une liaison ?

Barb se mit à pleurer en silence en se tordant les mains. Ses larmes formaient des taches grises sur son chemisier blanc.

— Oui, avoua-t-elle enfin.

— Vous m'avez menti ?

— Oui.

— Dave vous a-t-il déjà frappée ?

— J'aurais préféré ! Ça aurait mieux valu que tout ce que j'ai subi. J'aurais préféré qu'il me frappe et me fiche la paix ensuite. Il passait son temps à me critiquer, à me traiter d'idiote, d'obèse, d'incapable. Quoi que je fasse, c'était toujours mal. Il était en train de me détruire et je n'en pouvais plus.

— Alors vous avez rencontré quelqu'un d'autre ? demanda Zoe. Vous espériez que ça arrangerait les choses ?

— Ça faisait des années que je n'avais pas fait l'amour, avoua Barb en se remettant à pleurer. Dave disait que personne ne pouvait avoir envie d'une baleine comme moi.

— Et vous avez voulu lui prouver le contraire, ajouta Gideon.

— Je n'ai pas cherché à avoir une aventure. C'est arrivé, c'est tout.

Elle se cacha le visage entre les mains et se mit à se balancer sur sa chaise. Zoe l'entoura de son bras.

Gideon se tourna vers Dave tout en essayant de dissimuler son dégoût. Pas étonnant que Derrick et lui aient été si bons amis !

— Tu as quelque chose à ajouter ?

— Elle exagère. Ce n'était pas à ce point-là.

— Barb dit-elle la vérité ? insista Gideon.

— Ben… je crois que j'ai pas été très correct avec elle.

— Tu crois ? Tu lui as dit toutes ces choses, oui ou non ?

— Je dis des choses que je pense pas quand je suis en colère.

— J'en conclus que la réponse est oui.

A l'autre bout de la table, Zoe semblait éprouver le plus profond mépris. Pour lui ou pour Dave ?

— Quelles suites comptez-vous donner à cette affaire, mademoiselle McInnes ?

— Je n'ai plus guère d'estime pour Dave ni pour Barb. Je serais tentée de dire qu'ils se méritent l'un l'autre, mais ça ne résoudrait pas le problème.

Dave jouait avec un stylo. S'il s'était écouté, Gideon aurait quitté la pièce sans autre forme de procès. Il rappela néanmoins son client à l'ordre.

— Sois attentif !

Dave releva les yeux et Zoe reprit :

— Dave, les violences morales sont aussi destructrices que les violences physiques et leur guérison est plus longue. Un homme capable de dire des choses pareilles à sa femme ne mérite que du mépris. Je ne peux pas vous forcer à vous faire soigner, mais vous en avez besoin et je vous y encourage fortement.

Dave eut au moins le bon goût de paraître honteux. Gideon avait cru le connaître, savoir à qui il avait affaire. Il s'était lourdement trompé.

— C'est vous qui avez porté plainte contre le foyer ? poursuivit Zoe.

Après une longue hésitation, Dave hocha la tête.

— J'ose espérer que vous allez retirer cette plainte. Dans le cas contraire, j'expliquerai au conseil municipal qui en est l'auteur et pourquoi. Vous m'avez bien comprise, Dave ?

— Oui. Je vais m'en occuper.

— Quant à vous, Barb…

Elle n'avait pas haussé le ton, mais Gideon n'aurait pas aimé qu'elle le regarde comme elle regardait Barb.

— … Dave ne vous a pas frappée, mais il a bel et bien exercé des violences contre vous. Vous pouviez venir vous réfugier au foyer si vous le vouliez ; il était inutile de mentir. Vous rendez-vous compte de ce que vous avez fait ?

Barb haussa les épaules.

— C'est bon, j'ai compris…

— Je sais que c'est beaucoup vous demander, Barb, mais essayez un peu de penser aux autres ! Vous avez mis toutes les résidentes en danger en donnant à votre amant l'adresse du foyer. Vous avez aussi discrédité notre mission. Chaque fois qu'une femme invente des violences domestiques, elle discrédite toutes les autres femmes. Elle rend les choses encore plus difficiles pour celles qui sont réellement victimes de maltraitances. Et elle apporte de l'eau au moulin de ceux qui nient ces violences !

— Je n'y avais pas réfléchi, avoua Barb. Je cherchais juste un moyen d'échapper à tout ça.

— Vous auriez pu vous contenter de quitter votre mari. Le divorce est une chose courante.

— Je… je regrette.

Tout le monde resta silencieux un moment. Gideon tenta de croiser le regard de Zoe, mais elle l'évita et reporta son attention sur Barb.

— Vous m'avez trahie, Barb, dit-elle enfin. Je vous ai crue sur parole et vous m'avez menti. Dorénavant, chaque fois qu'une femme se présentera au Safe Harbor, je ne la regarderai plus comme avant. J'aurai moins confiance. Je me demanderai si elle dit la vérité. Vous savez ce que ressent une femme battue quand elle pense qu'on ne la croit pas ? Elle se replie sur elle-même, elle renonce à tout espoir. Elle se sent encore plus victime, encore plus impuissante. Encore plus seule.

Gideon comprit soudain que Zoe parlait d'elle-même, de ce qu'elle avait vécu avec Derrick. Pas étonnant qu'elle tienne si farouchement à son indépendance.

Pas étonnant qu'elle tienne tant à tout contrôler…

— Je ne voulais nuire à personne, marmonna Barb. Je ne savais plus quoi faire.

— Vous auriez pu commencer par être franche avec moi. Je vous aurais aidée. Vous devrez dédommager le foyer de votre séjour. Vous comprenez pourquoi, j'espère ?

— Oui. Je vous rembourserai.

— Irez-vous consulter un psy ?

Barb hocha la tête.

Zoe se tourna ensuite vers Dave.

— A vous deux de décider maintenant si vous voulez ou non sauver votre couple. Si vous voulez le faire, je peux vous donner les coordonnées de psychologues spécialisés dans les problèmes de couple.

— Bon, fit Dave. On a terminé ?

— Oui, répondit Gideon. Je t'appellerai pour te fixer un rendez-vous afin de régler les derniers détails. En attendant, je ne veux plus te voir.

Dave s'en alla précipitamment. Zoe s'adressa à Barb.

— J'aimerais dire quelques mots en particulier à M. Tate. Attendez-moi à l'accueil. Je vous raccompagnerai au foyer quand j'en aurai terminé avec lui. Nous avons encore des choses à nous dire, vous et moi.

Lorsque Barb fut sortie, Zoe se tourna enfin vers Gideon.

— Comment as-tu osé me faire ça ?

— Te faire quoi ? Utiliser une information pour assurer la défense de mon client ? Mettre fin à un manège que je savais coupable ? Quand tu as cru que Barb avait un amant, tu aurais dû te poser des questions, toi aussi. Tu t'es déjà demandé si Dave l'avait réellement frappée ?

— Non, c'est vrai.

— Tu devrais peut-être faire preuve d'un peu plus de méfiance, creuser un peu les allégations de tes pensionnaires.

— C'est la première fois qu'une chose pareille se produit ! Toutes mes autres résidentes ont toujours été au-dessus de tout soupçon. D'ailleurs, tu n'aurais jamais rien su de tout cela si je n'avais pas fait une gaffe. Tu t'es servi de notre relation pour découvrir des choses sur Barb.

— Je ne t'ai jamais posé de questions sur elle, et je n'ai jamais essayé de te piéger. Je ne me suis jamais servi de notre relation pour découvrir quoi que ce soit à son propos.

— Tu as profité de moi.

— J'ai utilisé des informations dont j'ai eu connaissance. Ce n'est contraire ni à la morale ni à l'éthique.

— Tu parles vraiment comme un avocat !

— J'en suis un. Dave est mon client. Je dois le représenter le mieux possible, et c'est ce que j'ai fait.

— Tu n'étais pas obligé de le faire si publiquement. Tu aurais pu m'en parler d'abord.

— Publiquement ? Parlons-en ! Nous sommes dans une petite ville. Beaucoup de gens savent que Barb loge dans ton foyer et qu'elle a accusé Dave de la battre. Elle a beau avoir menti, ces gens prendront toujours Dave pour un mari violent. Il ne s'en relèvera jamais.

— Ce qu'il a fait est presque aussi terrible.

— Presque. Là est la nuance. Barb l'a perdu de réputation. Définitivement.

— Donc, tu trouves normal de détruire quelqu'un moralement ? De le traiter de tous les noms, de le rabaisser ?

— Ce n'est pas ce que j'ai dit, et tu le sais parfaitement. Dave s'est conduit de façon méprisable, mais ça ne donnait pas pour autant à sa femme le droit de raconter n'importe quoi.

— Pourquoi ne m'as-tu pas informée de tes projets concernant ce dossier ?

— Pour que tu puisses préparer Barb ? La seule manière de connaître la vérité, c'était de la prendre par surprise.

— Dis plutôt que tu ne voulais surtout pas perdre une seule seconde le contrôle de la situation. Tu voulais mener le jeu et que les choses se passent selon tes souhaits. De A à Z.

— C'est ce que veulent tous les avocats.

Dans le cadre professionnel. Mais était-ce ce qu'il voulait dans sa vie privée ? se demanda soudain Gideon.

Et si Zoe avait raison ? N'essayait-il pas de la contrôler, de l'étouffer, au lieu de la protéger ?

— Je dois y aller, dit-elle. Barb a des décisions à prendre et je dois l'aider.

Avant de partir, elle prit le temps de remettre en place les chaises utilisées par Barb et elle, de débarrasser leurs deux verres et de vérifier qu'il ne restait aucune trace d'eau sur la table.

Attendait-elle qu'il ajoute quelque chose ?

Il se demandait encore comment lui dire ce qu'il ressentait quand elle s'empara de sa serviette.

— Au revoir, Gideon.

# Chapitre 21

Lorsque Zoe entra dans le jardin de son père, Fiona était en train de repiquer des pensées. Les chèvrefeuilles longeant la clôture avaient été taillés et des trous étaient déjà creusés, à leur pied, pour accueillir les pensées.

Fiona dévisagea sa sœur en repoussant une mèche rose qui lui barrait l'œil.

— Salut, Zoe. Comment ça va ?

— Tu veux parler de mes exploits, c'est ça ?

— Si tu veux faire comme si rien ne s'était passé, je t'en prie, dit Fiona en retournant à ses plantations.

— Non…

Zoe s'assit dans l'herbe près d'elle, savourant la brise tiède qui jouait dans ses cheveux.

— Mais c'est tellement humiliant que je préférerais ne plus y penser.

— Tout le monde a le droit de perdre un peu les pédales de temps en temps.

— Je te trouve mal placée pour faire cette remarque… Excuse-moi, je ne voulais pas dire ça. Dire que j'essaie d'être un peu moins sur la défensive ! On dirait que j'ai encore du boulot pour y arriver.

— Il faut dire que tu t'es entourée d'une sacrée muraille.

— C'est toi qui parles de muraille ? Tu plaisantes ? Toi qui es plus inaccessible que Garbo en personne ?

— Ça fait partie de mes paradoxes. Je te rappelle que c'est moi l'artiste mystérieuse et imprévisible, dans cette famille.

— Et moi le croisé solitaire qui défend les femmes et les enfants victimes de violences. Il m'a fallu un bout de temps pour comprendre que ça ne tenait pas chaud au lit, la nuit.

— Faut-il remercier Gideon pour cette prise de conscience ?

— Oui. Mais c'est fini entre nous.

— Que s'est-il passé ?

Sans répondre à la question, Zoe désigna les branches inextricables du chèvrefeuille.

— Pourquoi n'arraches-tu pas tout ça ? Ce ne sont que des mauvaises herbes.

— J'adore le chèvrefeuille. Son parfum est un délice.

— Je le déteste...

Zoe se rappelait toutes les fois où elle s'était réfugiée sous ce fouillis de branches pour rêver à une vie meilleure, avec d'autres parents. Le parfum du chèvrefeuille ne lui évoquait que de mauvais souvenirs et des peurs d'enfant.

— Je croyais que c'était moi, la responsable du jardin, répliqua Fiona.

— C'était une simple suggestion.

— J'en prends bonne note, mais le chèvrefeuille reste.

Zoe aurait dû dire à sa sœur pourquoi elle voulait le voir disparaître. Mais comment expliquer ces choses-là à Fiona qui ne voulait pas entendre parler de leurs histoires de famille ? Au même moment, une voiture s'arrêta dans l'allée.

— C'est Bree, dit Fiona en retirant ses gants de jardinage.

A la fois soulagée et triste d'avoir raté une occasion de parler avec elle de leur enfance, Zoe l'accompagna à la rencontre de Bree,

Bree apparut, vêtue d'un tailleur sport de couleur verte et portant une mallette.

— Ouah ! fit Zoe. Tu es très bien, comme ça. Tu fais très pro.

— Oui, marmonna Bree. Mais j'ai hâte de retirer ce déguisement.

Otant ses chaussures à hauts talons, elle s'avança nu-pieds dans l'herbe et s'assit.

— Je n'avais pas passé une aussi bonne journée depuis longtemps. Avec une bande d'ados braillards en pleine crise hormonale.

Puis, se tournant vers Zoe :

— A propos, qu'est-ce que tu fais là ? Pourquoi n'es-tu pas au foyer ?

Zoe faillit répondre honnêtement, dire qu'elle n'arrivait pas à se concentrer sur son travail au foyer ni sur les femmes qui y logeaient. Qu'elle essayait de se ressaisir, de trouver un moyen de gérer la situation avec Gideon. A force de chercher comment formuler clairement sa réponse, elle perdit patience.

— Insinuerais-tu que je suis moi aussi en pleine crise ?

— Si tu le dis…

Bree tapota l'herbe à côté d'elle.

— Allez, viens t'asseoir là et accouche. Que se passe-t-il ?

— Je suis venue vous demander ce qu'on va faire des meubles de papa, répondit Zoe en obtempérant. Je prends tout ce dont vous ne voudrez pas. Beaucoup des femmes qui résident au foyer finissent par quitter leur mari et chercher un appartement. La plupart n'ont rien à elles et pas de quoi se meubler. On pourrait faire don de ces vieilleries au Safe Harbor pour permettre à ces femmes de prendre un nouveau départ. Qu'en pensez-vous ? On pourrait adopter un système de prêt, comme dans une bibliothèque. Elles emprunteraient les meubles le temps qu'il faudrait, puis les rendraient pour que d'autres puissent en profiter.

— Tu nous demandes vraiment notre avis ? s'étonna Bree. Tu as manifestement déjà tout prévu.

— Excuse-moi, c'est vrai que je vais un peu vite en besogne.

— T'inquiète pas, répliqua Bree. On a l'habitude, on te connaît.

— Justement, j'essaie de changer. De déléguer davantage. J'ai confié le foyer à Sharon, cet après-midi. Elle était aux anges.

— Ce changement radical aurait-il un quelconque rapport avec Gideon ?

— Je ne vois pas ce qu'il vient faire là-dedans. Tu ne crois pas qu'il est grand temps pour moi de me montrer un peu plus souple ? Fiona et toi dites toujours que je suis trop autoritaire... Bon, alors, qu'est-ce que vous pensez de mon idée, à propos des meubles ?

Bree consulta du regard Fiona qui venait de s'asseoir près d'elles puis répondit :

— Je pense que c'est une excellente idée. L'idée que des femmes victimes de violences profitent des affaires de papa me plaît. Aider des familles à prendre un nouveau départ, voilà qui compensera tout le mal qu'il nous a fait.

— C'est exactement ce que j'ai pensé. Et toi, Fiona, qu'est-ce que tu en dis ?

— J'en dis que ce serait génial que nos vieux meubles deviennent un symbole d'espoir, pour changer de tout ce qu'on a enduré en leur compagnie.

— Super ! Alors allons-y. Nous avons au foyer un garage qui ne sert à rien. Je vais le faire nettoyer et, lorsque Bree aura choisi ce qu'elle veut garder, nous emporterons le reste. Une fois la maison vidée, nous pourrons la mettre en vente.

Comme elle se levait, Fiona l'obligea à se rasseoir.

— Oh, non ! Tu ne vas pas t'en aller comme ça, Zoe. Pas avant de nous avoir dit ce qui se passe avec Gideon. Pas mal, ta manœuvre pour changer de sujet, mais tu ne t'en tireras pas aussi facilement.

Soit elle s'en sortait par une pirouette, soit elle disait la vérité, songea Zoe. C'était faire face ou gagner du temps. Or, si elle voulait que ses sœurs soient plus franches avec elle, ne devait-elle pas montrer l'exemple ?

— C'est fini, avec Gideon. Nous n'avons pas pu nous raccommoder après l'incident des verrous. Je ne lui ai pas reparlé depuis, sauf lors de l'entrevue entre Barb et Dave Johnson.

— Il estime toujours avoir eu raison ? s'étonna Bree.

— Il dit que si je ne le laisse pas me protéger, il est inutile qu'il reste. Il ne veut pas laisser une personne à laquelle il tient s'exposer au danger.

Il avait pratiquement dit qu'il l'aimait et Zoe avait le cœur serré à ce souvenir.

— Tu n'as pas à t'écraser devant lui, Zoe, intervint Fiona. Il n'avait pas le droit de faire ce qu'il a fait. D'ailleurs, s'il est incapable de comprendre ta réaction, vous n'avez aucun avenir ensemble, c'est évident.

— Mais je devrais peut-être me montrer un peu plus souple… J'ai fait un premier pas, aujourd'hui, en confiant le foyer à Sharon.

— Tu peux changer autant que tu voudras, les choses n'évolueront pas tant qu'il ne changera pas lui aussi.

C'était bien là le problème. Gideon avouait se sentir coupable depuis la mort de Derrick. Pourrait-il surmonter ce sentiment oppressant ?

— De toute manière, je crois que ça n'a pas d'importance. Il vient de Milwaukee. Son travail est là-bas, tout comme sa vie. Je ne sais pas s'il serait prêt à tout laisser tomber pour s'installer ici.

— Et toi, tu ne pourrais pas aller à Milwaukee ? Tu trouverais facilement du travail dans un foyer, j'en suis sûre. Tu pourrais même en ouvrir un autre. Ton petit côté autoritaire trouverait à s'épanouir pour le bien de ton prochain.

— Le Safe Harbor est toute ma vie ! Comment pourrais-je l'abandonner ?

— Ce n'est jamais qu'une maison, dit Bree. C'est important, évidemment, mais d'autres personnes peuvent s'en occuper. Tu viens de dire que Sharon était ravie de le faire à ta place. Forme-la pour te remplacer.

— Tu lui as demandé de s'installer à Spruce Lake ? s'enquit Fiona.

— Mais enfin, nous n'en sommes pas là ! On a juste couché deux fois ensemble.

— Ah oui ? Comment c'était ? voulut savoir Fiona.

— Génial, bouleversant et fantastique. On n'a pour ainsi dire pas dormi de la nuit.

— Tu l'aimes, non ?

— Oui, je l'aime. Cela dit ; j'ai bien peur que ça ne soit pas suffisant.

— Non, bien sûr. Il faut aussi qu'il t'aime. Suffisamment pour faire des concessions.

— L'une de vous a-t-elle déjà été amoureuse ? Amoureuse d'une manière durable ?

— Ça m'est arrivé une ou deux fois, répondit Fiona. J'ai soigné ça à coups d'aspirine et de cures de sommeil.

— Oh ! Fiona ! dit Zoe en enlaçant sa sœur. Un jour, tu tomberas vraiment amoureuse.

— Pour être aussi heureuse que toi en ce moment ?

— Et toi, Bree ?

— Moi, oui. J'ai été amoureuse du père de Charlie, et chacun sait comment ça s'est terminé. A propos de Charlie, je crois l'avoir entendu rentrer. Tu restes dîner avec nous, Zoe ?

— J'aimerais bien, mais je dois d'abord aller voir si Sharon s'en sort au foyer.

Fiona sourit.

— Plus souple, d'accord, mais à dose homéopathique, hein ?

Ce soir-là, en quittant la maison de son père, Zoe consulta une fois de plus la messagerie de son portable. Toujours aucun message de Gideon. Peut-être tout était-il bel et bien terminé entre eux. Peut-être les conseils de ses sœurs sur la conduite à tenir ne lui serviraient-ils plus à rien…

Avait-elle envie que tout se termine ?

Non !

Elle l'aimait et devait absolument trouver un moyen pour que cela fonctionne entre eux. A condition toutefois que Gideon éprouve la même chose et le veuille aussi.

Elle avait refusé de penser à lui pendant ces heures passées avec ses sœurs et son neveu. La soirée avait été délicieuse. Elle avait adoré quand Charlie s'était déclaré épaté par ses talents à la console de jeu. Il ignorait qu'elle s'entraînait au foyer avec les enfants de ses pensionnaires. C'était parfois le seul moyen d'établir un contact avec eux, de les faire sortir de leur coquille et parler.

Lorsqu'elle arriva chez elle, le voyant de son répondeur clignotait. Etait-ce Gideon ?

Souhaitait-il lui parler, ou seulement lui dire adieu ?

Rares étaient ceux qui l'appelaient à son domicile. Elle donnait presque exclusivement son numéro de portable.

Celui qui avait laissé ce message tenait peut-être à avoir une conversation privée avec elle.

Si c'était Gideon, probablement voulait-il seulement lui parler de l'affaire Johnson.

Prenant son courage à deux mains, elle appuya sur « Lecture » et n'entendit rien d'autre qu'une respiration à peine audible. Elle écouta le message jusqu'à la fin, mais en vain.

Quelle déception !

Puis vint le message suivant :

« Je connais ton adresse, salope. »

C'était la voix de Jesse Halvorsen.

« Sympa, ce canapé bleu. J'espère qu'il est confortable. Il faut qu'on le teste, tous les deux. Attends-moi. Je récupère ma femme et mes gosses et j'arrive. »

Zoe laissa tomber le combiné, se rua sur ses clés et sortit en courant.

# Chapitre 22

Tout en roulant à vive allure pour rejoindre le foyer, Zoe fouilla d'une main dans son sac pour trouver son téléphone portable. Elle composa le numéro des secours et n'attendit même pas l'annonce du standardiste pour parler.

— Jesse Halvorsen tente d'entrer par effraction au foyer Safe Harbor. Il est peut-être déjà à l'intérieur. Il nous menace depuis plusieurs jours.

— Etes-vous dans le foyer, madame ?

— Non, mais il a laissé plusieurs messages malveillants à mon domicile. Envoyez immédiatement un policier au foyer.

— Je contacte immédiatement la police. Restez en ligne, je vous prie.

Zoe jeta le téléphone sans l'éteindre sur le siège du passager et s'agrippa au volant.

— Vous êtes toujours là ? fit la voix du standardiste.

— Oui ! Mais je conduis.

— Où allez-vous ?

— Au Safe Harbor, naturellement.

Ignorant les protestations de son interlocuteur, elle prit le dernier virage et fonça jusqu'au foyer.

Un pick-up qu'elle ne connaissait pas stationnait devant. Elle se gara juste derrière et attrapa sa batte de base-ball.

Au moment où elle descendait de voiture, elle entendit les cris d'un homme suivis d'un bruit de verre brisé.

— Ouvrez, ou j'enfonce cette porte !

— Jesse ? C'est vous ?

L'homme se retourna brusquement. La lumière vive déclenchée par le système de sécurité révéla un individu pas rasé, aux cheveux sales, vêtu d'un jean et d'une grosse veste.

— Ecartez-vous de cette porte, Jesse. La police arrive.

— C'est toi, McInnes ? T'en pouvais plus de m'attendre, hein ? J'aime ça, les filles qui en veulent.

Zoe se cramponna à sa batte.

— Du calme, Jesse. Ça ne sert à rien de vous y prendre comme ça. Marilu n'acceptera jamais de vous parler tant que vous ne vous serez pas calmé.

Il se mit à avancer vers elle d'un pas hésitant indiquant qu'il était ivre, par-dessus le marché.

— Marilu est toujours d'accord pour me parler. Tu piges ?

— Nous lui poserons la question. Restez où vous êtes, Jesse. Ne vous approchez pas.

Mais que faisait la police ? Enfin, un bruit de moteur lui parvint.

Comme elle reculait afin de se réfugier dans sa voiture, Jesse s'élança. Alors qu'elle s'apprêtait à ouvrir sa portière, il la rattrapa. Sans hésiter, elle leva sa batte et le frappa au bras. Il y eut un craquement sinistre.

— Putain ! Tu m'as cassé le bras ! hurla Jesse en titubant.

— Et je suis prête à vous casser l'autre si vous ne vous allongez pas immédiatement par terre.

Gideon arriva en courant.

— Ecartez-vous d'elle !

— Te mêle pas de ça ! répliqua Jesse.

Il voulut frapper Gideon mais, l'ayant manqué, il recula en serrant contre lui son bras blessé.

— Allongez-vous par terre, Jesse, répéta Zoe en brandissant sa batte.

Jesse la dévisagea un instant avant de s'agenouiller.

— Mieux que ça !

Avec un gémissement de douleur, il s'allongea enfin. Zoe s'adossa avec soulagement contre sa voiture et lâcha sa batte qui roula sous le véhicule.

Gideon la prit dans ses bras et l'examina.

— Au nom du ciel, Zoe ! Est-ce que tu es blessée ?

— Je n'ai rien, Gideon. Mais qu'est-ce que tu fais ici ?

— Je te cherchais. J'ai téléphoné au foyer et, pendant que je parlais avec Sharon, j'ai entendu quelqu'un taper à la porte. Je lui ai dit d'appeler la police et je suis venu aussi vite que possible.

Il la serra contre lui, parlant dans ses cheveux.

— Quand je t'ai vue face à ce type… jétais trop loin pour faire quoi que ce soit.

Comme Jesse bougeait, Gideon alla récupérer la batte sous la voiture.

— Ne bouge pas ou je te fracasse le crâne !

Une sirène de police résonna et bientôt la lumière des gyrophares vint éclabousser les murs du foyer. Quelques instants plus tard, un policier descendait de son véhicule : c'était Bobby Jasper, un jeune.

— Que se passe-t-il ici ?

Gideon désigna Jesse.

— Cet homme a tenté de pénétrer par effraction dans le foyer et a agressé Mlle McInnes.

Le policier prit Jesse par le col et l'obligea à se relever tout en le fouillant.

— Encore soûl ? Encore à faire des bêtises, Halvorsen ?

— C'est plus que des bêtises, intervint Zoe. Il a brisé un carreau du foyer et s'en est pris à moi.

— Elle m'a bousillé le bras !

— Estime-toi heureux qu'elle s'en soit tenue au bras, répliqua le policier.

— C'était de la légitime défense, précisa Gideon. J'ai tout vu, mais j'étais trop loin pour intervenir.

— Je vous crois, Zoe, assura le policier. Tout le monde n'est pas comme le chef Dobbs, dans la brigade.

Il poussa Jesse vers son véhicule de patrouille.

— Je m'occupe de lui. Ensuite, j'aurai quelques questions à vous poser.

Après avoir enfermé Halvorsen dans la voiture de patrouille et pris leur déposition, Bobby alla interroger Sharon à l'intérieur du foyer. Il en ressortit après quelques minutes.

— J'emmène Halvorsen à l'hôpital. Ensuite, je l'arrête pour voie de fait, effraction, trouble de l'ordre public et plus si affinités. J'envoie une patrouille surveiller votre domicile pour la nuit.

— Merci, Bobby.

Après les avoir salués, le jeune policier regagna son véhicule.

Zoe le regarda s'éloigner.

— Je regrette que tu aies assisté à tout ça, Gideon.

Tel qu'elle le connaissait, il s'en voulait probablement de ne pas être arrivé plus tôt pour la protéger.

— Zoe…

— Pas maintenant, Gideon. Je dois d'abord m'assurer que tout le monde va bien, au foyer.

Les dégâts se résumaient à la vitre brisée, mais tout le monde avait entendu les cris de Jesse. Les femmes s'étaient agglutinées au bas de l'escalier avec Sharon, les enfants accrochés à leurs jambes. Tous semblaient choqués.

— Tu veux que je m'occupe des gosses ? proposa Gideon à voix basse.

— Ce serait super.

Elle le vit s'accroupir et entamer un conciliabule avec les quatre filles et trois garçons réunis là. Tous hochèrent la tête, puis Gideon se releva.

— Si nous voulons faire du pop-corn, il va falloir que quelqu'un me montre où est la cuisine.

— Moi ! glapit une des fillettes.

— Non, moi !

— C'est par là, renchérit un petit garçon en sautillant devant Gideon.

Tous disparurent dans la cuisine. Zoe se tourna alors vers l'une des femmes, qui s'était mise à pleurer. Sa fille faisait partie des enfants qui avaient suivi Gideon.

— Ça va, Marilu ?

— Il est parti, n'est-ce pas ?

— On l'emmène en prison.

— Il vous a fait du mal ?

— Non, pas du tout.

Zoe entoura Marilu de son bras et l'entraîna vers le salon, suivie de toutes les autres résidentes.

— Quelqu'un veut-il qu'on parle de ce qui vient de se passer ?

Personne ne répondit. Zoe se laissa tomber sur le canapé. Ils discuteraient des événements le lendemain, lors de la séance de groupe, quand tout le monde aurait eu le temps de les digérer. Dans l'immédiat, elle allait se contenter de rester jusqu'à ce que le calme soit revenu.

— Je suis trop fatiguée pour rentrer tout de suite, dit-elle. Quelqu'un a envie de regarder un peu la télé ?

Elle quitta le foyer environ une heure plus tard, avec Gideon. Tous les enfants étaient couchés et leurs mères aussi. Bien que secouée, Sharon allait bien et n'avait pas besoin de Zoe pour la nuit. Gideon, quant à lui, avait cloué une planche à la place de la vitre brisée.

— Tu m'accompagnes ? lui demanda Zoe.

La nuit était fraîche mais parfumée par les premières fleurs du printemps. La vie renaissait.

— Tu pensais pouvoir te débarrasser de moi ?

Il entoura ses épaules de son bras et elle se blottit contre lui jusqu'à sa voiture.

— Je te suis avec la mienne, dit Gideon quand elle fut installée au volant.

Lorsqu'elle arriva devant chez elle, la porte était entrouverte. Gideon la rejoignit rapidement sous le porche.

— Je suis pratiquement sûre de l'avoir laissée comme ça, dit-elle, mais ça me fiche les jetons.

Au lieu du sermon auquel elle s'attendait, Gideon la gratifia d'un baiser sur le front.

— Reste là le temps que j'aille faire un tour à l'intérieur.

Quelques instants plus tard, il lui fit signe d'entrer.

— Tout va bien.

Zoe jeta sa veste sur une chaise et alla s'asseoir sur le canapé.

— Heureusement que tu étais là, Gideon.

— Trop heureux de jouer les gardes du corps pour toi.

Il restait planté près de la porte désormais fermée. Etait-il en colère contre elle parce qu'elle avait laissé sa porte ouverte, ou s'en voulait-il de ne pas avoir pu la défendre contre Jesse ?

— Je suis contente que tu aies été là, tout à l'heure,

et que je ne me sois pas retrouvée seule face à Jesse, dit-elle en le rejoignant.

— Tu t'es parfaitement débrouillée. Tu as su maîtriser la situation.

— Et c'est justement ce qui te contrarie ?

Il l'attira contre lui et enfouit sa tête dans ses cheveux.

— C'était comme si le pire de mes cauchemars se réalisait. Exactement ce que je redoutais le plus. J'ai tout de suite vu que je n'arriverais pas à temps, que j'étais condamné à le regarder s'en prendre à toi sans pouvoir rien faire.

— Je sais. J'ai fini par comprendre. Quand Jesse a essayé de te frapper, je lui aurais fracassé le crâne avec ma batte. Je l'aurais fait s'il ne s'était pas finalement allongé par terre.

— Une véritable amazone, voilà ce que tu étais. A sa place, moi aussi je me serais couché.

— Jusqu'à présent, j'étais en colère contre toi parce que je croyais que tu essayais de me contrôler, de me dicter ma conduite. De m'aliéner. Je n'avais pas compris ce que tu ressentais. Maintenant, je le comprends. Je sais comment j'aurais réagi à ta place : j'aurais tout fait aussi pour te protéger.

— Tu serais allée jusqu'à changer mes verrous ? demanda Gideon avec un petit sourire.

— Je t'aurais sans doute demandé ton avis avant. Mais j'ai réalisé, depuis, que tu l'avais fait pour d'excellentes raisons.

Zoe retint son souffle. Gideon allait-il lui aussi se mettre à sa place et comprendre sa réaction ?

— Si on s'asseyait ? proposa-t-il.

Le bonheur n'était encore qu'un espoir fragile. Gideon allait-il lui expliquer qu'il ne se sentait pas capable d'assumer les risques inhérents au métier qu'elle avait choisi ? Lui dire qu'il ne tenait pas à revivre l'expérience de cette nuit ?

Il s'assit près d'elle sur le canapé et lui prit la main.

— Aujourd'hui, j'ai emmené mon père dans une maison de repos à Green Bay. C'est la raison pour laquelle je ne t'ai pas rappelée plus tôt. J'ai suivi l'ambulance et je l'ai aidé à s'installer dans sa chambre. J'ai aussi passé un long moment à parler avec les médecins et les kinés… J'ai même dîné avec lui.

— C'est très généreux de ta part, fit remarquer Zoe.

Comme elle entrelaçait ses doigts aux siens, elle eut l'agréable surprise de sentir qu'il répondait à son geste.

— Non, ce n'est pas de la générosité. Je l'ai fait uniquement pour calmer mon sentiment de culpabilité. Je lui en voulais de m'obliger à m'occuper de lui, à tout arranger pour lui, alors que de son côté il m'en veut probablement tout autant de le faire… On ne devrait pas rechigner à s'occuper de ses parents.

— C'est normal que tu lui en veuilles. Il t'a repoussé quand tu étais petit, et voilà que tu laisses tout tomber pour lui. Beaucoup de gens ressentiraient la même chose, à ta place.

— J'ai eu largement le temps de réfléchir, aujourd'hui. Je t'en ai voulu quand j'ai su que tu étais avec lui quand il a eu son attaque.

— Tu ne m'apprends rien.

— Je voulais pouvoir t'accuser, tout comme je t'ai imputé la mort de Derrick. Je m'en voulais de ne pas avoir pu le protéger. Je me disais que si j'avais gardé le contact avec mon frère, si j'avais conservé des liens avec lui, j'aurais peut-être pu le sauver de toi.

— Mais tu n'aurais pas pu le sauver de lui-même. Personne ne l'aurait pu.

— Je ne voulais pas l'admettre. L'admettre, c'était me reconnaître impuissant. Pour moi, mon frère était mort parce que je n'avais pas réussi à le protéger. Alors je me suis juré de ne plus jamais ressentir une telle culpabilité.

— Et voilà que Jesse tente de briser une fenêtre chez moi et que tu te sens de nouveau impuissant. Parce que tu n'arrives pas à le rattraper.

— Et je réagis de manière excessive, au mépris de tes sentiments. Mais il fallait que je fasse quelque chose pour te protéger. Je ne pouvais pas permettre qu'il arrive quelque chose à une autre personne que j'aime.

— Que… qu'est-ce que tu as dis ?

— J'ai compris, Zoe. Je sais ce que je t'ai fait. J'ai voulu t'enlever ta liberté, et c'est la dernière chose que je souhaitais.

— Oublie un peu ma liberté et dis-moi plutôt si tu pensais vraiment ce que tu viens de dire.

— Absolument.

— Vraiment ?

— Oui, Zoe. J'ai compris. Tu avais raison et j'avais tort.

Il insistait sur ce point comme s'il ne comprenait pas où elle voulait en venir, mais son œil pétillait de malice.

— Je ne parle pas de ça, espèce de lourdaud, mais de l'autre chose que tu as dite !

Il l'attira sur ses genoux.

— Oh ! Quand j'ai dit que je t'aimais ?

— Oui.

Zoe retint sa respiration. Elle voulait l'entendre distinctement.

— Evidemment que je t'aime ! Sinon pourquoi me serais-je conduit aussi bêtement ?

— Moi aussi, je t'aime. Je t'aime tant que ça me fait peur. J'ai craint de t'avoir fait fuir. J'ai cru que tu allais quitter Spruce Lake sans jamais chercher à me revoir.

— Tu plaisantes ? Je concoctais un plan machiavélique pour te récupérer ; je ne pouvais pas envisager de te quitter.

— Moi non plus. Tu m'as retrouvée et je ne suis pas près de te laisser filer.

— Promis ?

— Que dois-je faire pour que tu me croies ?

Gideon la serra contre lui et elle sentit son érection contre sa cuisse.

— Hum… Laisse-moi réfléchir un instant…, marmonna-t-il.

— Pendant que tu réfléchis, ça ne te dérange pas si j'enlève mon pull ? Il fait vraiment chaud, ici.

— Pas du tout. Je ne voudrais pas que tu attrapes un coup de chaud.

— Ah bon ? Moi qui avais justement l'intention d'attraper plusieurs coups de chaud, ce soir…

— Tiens donc ? Plusieurs coups de chaud ?

— Oui, plusieurs. Ce soir et cette nuit.

Elle se débarrassa de son pull et dégrafa son soutien-gorge.

— Je sens que je vais me laisser gagner à cette idée, dit Gideon avec un regard brûlant.

Sans descendre de ses genoux, elle réussit à ôter son jean et son string, puis enleva le T-shirt de son compagnon.

— Tu es en retard sur mon raisonnement, commenta-t-elle.

Il se leva en l'emportant dans ses bras et se dirigea vers la chambre.

— C'est ce que tu crois ! Entrons un peu dans les détails, veux-tu ?

— J'adore les détails.

Une heure s'était écoulée quand Gideon se redressa sur le lit.

— Zoe, veux-tu m'épouser ?

— J'ai bien cru que tu ne me le demanderais jamais !

— C'est que tu m'as distrait et m'as fait perdre le fil de mes pensées.

— Pauvre chou… Et tu crois que j'y arriverais encore ?

Il s'empara de la main qui le caressait et la porta à sa bouche.

— Pas avant d'avoir répondu à ma question.

— Oui, je le veux. Je n'aurais jamais cru dire oui à un autre homme, mais je veux t'épouser. Je veux passer le reste de mes jours avec toi. Je veux rire avec toi, me chamailler avec toi, avoir des enfants avec toi. Et vieillir avec toi.

— J'espère que tu veux tout ça rapidement, parce que je ne te laisserai pas le temps de changer d'avis.

— Aucun risque ! Mais il faudra tout de même laisser le temps à ma sœur de nous fabriquer des alliances.

— Accordé. Je vais devoir mettre mon appartement en vente et prendre mes dispositions au travail, mais je n'attendrai pas un jour de plus que nécessaire.

— Tu veux t'installer à Spruce Lake ?

— Evidemment. C'est là que se trouvent ton foyer, les femmes que tu as aidées, tous tes contacts. Et aussi Bree et Charlie. Tout ce que j'ai à Milwaukee, c'est un travail. Je peux très bien ouvrir un cabinet ici ou travailler pour le procureur ; je verrai ce que je préfère. Mon seul impératif, c'est d'être avec toi.

— Tous les mauvais souvenirs que nous avons ici, à Spruce Lake, nous les remplacerons par des bons. Nous y fonderons une famille, un foyer.

— J'aime beaucoup ce mot. Spruce Lake, notre foyer.

# PRÉLUD'

*Le 1er Mars*

*Prélud' n°191*

## Ce que je ne t'ai pas dit - Tara Taylor Quinn

De passage à New York, Erica a la révélation de la passion dans les bras de Jack. Une rencontre à laquelle leurs vies respectives, hélas, les obligent à renoncer. Chacun reprend donc son chemin, sans aucun moyen de retrouver l'autre un jour. Or, peu de temps après, Erica découvre qu'elle est enceinte...

*Prélud' n°192*

## Une nuit en secret - Kay Stockham

Un soir de fête au Country Club, le secret de Shelby est dévoilé : elle attend un enfant de Luke Tulane, le frère de sa meilleure amie. Honteuse de s'être abandonnée dans les bras de Luke par pur désespoir, elle refuse la proposition de mariage qu'il lui fait aussitôt...

*Prélud' n°193*

## Un mariage inavouable - Dallas Schulze

Parce qu'elle n'a rien à perdre, Laura accepte d'épouser Conner Fox, qui cherche une femme pour tenir sa grande demeure et s'occuper de sa fillette de trois ans – parce qu'elle n'a rien à perdre... et surtout, parce que, inexplicablement, elle est convaincue que Fox est l'homme de sa vie.

*Prélud' n°194*

## Une famille pour héritage - Dixie Browning

Contrainte par son fiancé de s'éloigner momentanément de Manhattan, Laurel Ann part pour la Caroline du Nord, visiter les terres qu'elle a récemment reçues en héritage. Mais, sur place, c'est la déconvenue : en fait de terres, il ne s'agit que de marécages inhabitables. Laurel se met donc en quête d'un toit...

*Prélud' n°195*

## Les fruits du mensonge - Ellen Hartman

Autrefois, par amour pour Hailey, JT a accepté de mentir : il s'est fait passer pour le père du bébé qu'elle portait. Le bébé d'un autre. Puis il est parti loin. Des années plus tard, alors que ce mensonge les rattrape et menace de briser des cœurs, Hailey et JT n'ont pas d'autre choix que de se rapprocher...

# BestSellers

*A paraître le 1er mars*

*Best-Sellers n° 413 • suspense*

**Les disparues de la nuit** - Lisa Jackson

En moins de deux ans, quatre jeunes filles ont disparu du campus de l'université de Bâton Rouge, en Louisiane. Fugues ou assassinats ? Les médias s'interrogent, mais personne ne semble vraiment se préoccuper de leur sort. Personne, excepté Kristi Bentz, une étudiante en journalisme, qui comprend que quelque chose se passe sur le campus. Car toutes les disparues suivaient un cours sur le vampirisme. Un cours auquel elle vient justement de s'inscrire.

*Best-Sellers n°414 • paranormal*

**La citadelle des ténèbres** - Gena Showalter

Depuis sa plus tendre enfance, Ashlyn Darrow est harcelée par des voix surgies du passé qui font de sa vie un cauchemar. Prête à tout pour se libérer de ce don maléfique, elle se rend à Budapest pour rencontrer des spécialistes en la matière, des êtres étranges dotés, dit-on, de singuliers pouvoirs. Mais à peine arrivée dans l'antique château où ils mènent leurs travaux, elle tombe éperdument amoureuse de Maddox – un homme aussi séduisant qu'inquiétant que ses pairs disent immortel et habité d'un dangereux démon.

*Best-Sellers n°415 • thriller*

**Sous le regard de l'ange** - Andrea Ellison

Lieutenant à la brigade des homicides de Nashville, Taylor Jackson ne se laisse pas facilement décontenancer. Mais l'effroyable sauvagerie du nouveau meurtre sur lequel elle doit enquêter l'effraie, et la bouleverse même profondément, lorsqu'elle découvre avec stupeur que la victime, une mère de famille irréprochable en apparence, participait au tournage de films pornographiques et de vidéos de couples filmés à leur insu. Pire encore pour Taylor : l'une de ces vidéos la montre elle-même en situation, ce qui non seulement menace sa carrière et son couple, mais fait bientôt peser sur elle les pires soupçons.

*Best-Sellers n°416 • thriller*

**Le secret des marais** - Amanda Stevens

Le travail est devenu un refuge pour Evangeline Theroux, jeune inspectrice de police à la Nouvelle-Orléans. Terrassée par la mort soudaine de son mari, effrayée de ne pas être à la hauteur avec son bébé de cinq mois, elle se jette à corps perdu dans une enquête de premier plan sur le meurtre d'un célèbre avocat. Pourtant, les jours passant, ses recherches piétinent et elle accepte l'aide de Declan Nash, agent du FBI. Mais lorsqu'un terrifiant coup de théâtre place soudain son petit garçon au centre de l'affaire, tout change. Désormais prête à tout pour protéger son enfant, Evangeline décide de tout risquer, y compris sa carrière, pour découvrir la vérité, sans imaginer que celle-ci la touche de près et va bientôt remettre en question sa propre identité.

*Best-Sellers n°417 • roman*

**Un parfum de Lilas** - Sherryl Woods

Bouleversée par l'échec de sa dernière pièce, qui précède de peu la fin de sa relation amoureuse avec son mentor, la dramaturge Bree O'Brien quitte Chicago et le théâtre où elle a commencé à se faire un nom pour regagner Chesapeake Shores, sa ville natale. Dans ces lieux qu'elle aime tant, elle est persuadée qu'un nouveau départ l'attend. Mais ce retour, en plein cœur de l'été, n'est pas aussi serein que Bree l'espérait. Car il fait aussitôt ressurgir des fantômes de ce passé qu'elle a en vain tenté de fuir. Des fantômes au premier rang desquels se trouve Jake Collins, qu'elle n'a jamais réussi à oublier.

*Best-Sellers n°418 • roman*

**Un printemps à Blossom Street** - Debbie Macomber

Blossom Street, c'est une petite rue de Seattle, encore préservée et pleine de charme. Un endroit où il fait bon vivre, et où le quotidien a un parfum de bien-être. Debbie Macomber nous y fait partager la vie de quatre femmes que tout sépare et oppose, mais qui vont se retrouver indissolublement liées les unes aux autres. De cette alchimie, que soulignent des scènes dramatiques et cocasses, intenses et émouvantes, douces-amères et drôles, ironiques et chaleureuses, naissent ces petits riens de la vie qui se transforment en un récit extraordinairement attachant.

*Best-Sellers n°419 • historique*

**L'héritière des Romanov** - Susan Wiggs

*Russie et Angleterre, 1533*

Issue d'une famille princière de Russie, Juliana Romanov a vu les siens se faire massacrer par des traîtres boyards qui se sont emparés du pouvoir. Sauvée par des Gitans, elle se réfugie avec eux en Angleterre, où ils vivent de charité et de larcins. Or un jour, au cours d'une partie de chasse royale, elle est prise en flagrant délit de vol par le roi Henri VIII en personne ! Certaine de sa condamnation prochaine, Juliana est abasourdie lorsqu'on lui propose, à la place, d'épouser Stephen de Lacey, baron de Wimberleigh. Mais elle ignore encore que son futur époux est un rival du roi auquel ce dernier a voulu imposer une union dégradante…

Composé et édité par les
*éditions* Harlequin
Achevé d'imprimer en France (Malesherbes)
par Maury-Imprimeur
en janvier 2010

Dépôt légal en février 2010
N° d'imprimeur : 151911 — N° d'éditeur : 14766